JN074312

非戦闘職の魔道具研究員、
実は規格外のSランク魔導師
～勤務時間外に無給で
成果を上げてきたのに無能と言われて
首になりました～
4
えぞぎんぎつね
㊞トモゼロ

久しいな古竜の皆、
息災だったか？
こ、これは大賢者！
お出迎えもせず――……

……お久しぶりです、師匠
ひぅ……

相変わらずだな
ヴェルナー
少しは鍛えたらどうだ？

私は軍人ではありませんよ
兄上

目覚めよ、魔王ケイ!!
この世界を恣にするがいい!!!

魔王の誕生を許してしまったヴェルナー。
果たして戦いの行方は——…!?

CONTENTS

非戦闘職の魔道具研究員、実は規格外のSランク魔導師
～勤務時間外に無給で成果を上げてきたのに無能と言われて首になりました～
4
えぞぎんぎつね
ill.トモゼロ

序章　弔いの後

古竜の前(さきの)大王、ハティの祖母、ユルングの母の遺体を燃やした後、その灰を集めた。

前大王の遺体は大きく、灰だけでもかなりの量になる。

その灰を俺(おれ)は魔法の鞄(マジック・バッグ)に収納した。


弔いを終えた後、俺たちはハティの背に乗り、古竜の王宮に向かって飛び立つ。

結界発生装置が作る結界に包まれ、深いレミ湖の底から、ゆっくりと湖面(こめん)へと浮上していく。

いつも元気なハティも静かだ。同じ結界の中、すぐ近くを飛ぶ大王も口を開かない。

ハティも大王も、まっすぐ凍り付いた湖面を見つめている。

ロッテとコラリーも何も言わない。

ユルングは眠らずに、母の灰が入った魔法の鞄に抱きついていた。

湖面に近づくにつれ、周囲が明るくなっていく。

「もう朝か」

時計がないし、湖底には日の光が届かないので、朝になったことに気付かなかった。

「まあ、色々やったものな」

封印を調べたり、大王とハティが封印を新たに施そうとした。

それに、シャンタルや前大王と戦った。

朝になっていても何も不思議はない。


ハティと大王は、そのまま飛んで、結界で押す形で湖面を覆う氷を砕いて破った。

「行きと帰りで二か所も穴を開けてしまったな」

「レミ湖周辺の人間たちが驚くのじゃあ！　な、主さま！」

ハティは場を明るくしようとしているのか元気に言う。

「りゃあぁ～」

そのとき、ユルングが東の空を見て鳴いた。

レミ湖を囲む山、その東の山間から赤い太陽が昇りつつあった。

ハティと大王は朝日に向かって加速していく。

高度を高くとって、勢いよく古竜の王宮へと飛んでいった。


元気に飛ぶハティの背の上で、俺は自分の全身を確かめる。

細かい傷は色々あるが、大きい怪我は右手の指と橈骨と尺骨、つまり右前腕部の骨折だ。

ずれたままくっついたら不味いので、ずれた部分を、無理矢理まっすぐにする。

とても痛い。歯を食いしばって他の者に気付かれないように気をつける。

「りゃあ？」

俺を見てユルングが心配そうに鳴いた。

「大丈夫だよ。ユルングは寝ていなさい」

「りゃ」

俺は無事だった左腕でユルングを撫（な）でた。

（とりあえず応急処置はこれでいいかな）

骨が折れたことにより、発熱しはじめていた。

だが、後は帰るだけだ。なんとかなるだろう。

「ロッテとコラリーは、怪我してないか？」

全く怪我をしていないように見えるが、念のために俺は尋ねた。

「大丈夫です。ちょっと擦（す）り傷（きず）を負いましたが、それだけです」

「……大丈夫。無傷」

「ならよかった」

前大王との戦闘時に結界内にいたコラリーはともかく、ロッテは前線で戦った。

それなのに無傷というのはやはり尋常（じんじょう）ではない。

「ハティ。怪我は大丈夫か？」

「大丈夫なのじゃ！　まあ、おばあさまの攻撃で無傷ではないのじゃが……古竜ゆえな」

「ヴェルナー卿（きょう）、ご案じ召されるな、古竜は多少怪我をしたところでなんともないのだ」

近くを飛ぶ大王も平気なようだ。

大王もハティもかなり激しく戦い、全身が傷だらけになっている。

人ならば、全治するのに数か月かかるだろう。

「この程度、放っておいても治るが、古竜には治癒術師もおるゆえ、何の心配も無い」

「そうでしたか。よかったです」


大王とハティは、怪我を全く感じさせない力強い飛行を続けた。

古竜の王宮に到着するまで、湖底を出発してから一時間ほどかかった。

王宮に到着すると大王が言う。

「ヴェルナー卿、母の葬儀を執り行う前に、色々と準備があるゆえ……客室で休んでいてくれぬか？」

「わかりました。ご配慮感謝いたします」

「主さま、折角だから一眠りするのじゃ！　人族は毎日眠らないといけないのじゃから！」

「それがよい。ヴェルナー卿たちだけでなく、ハティとユルングも眠るとよかろう」

「ハティは立派な古竜ゆえ、寝なくても大丈夫なのじゃ！」

ハティはぶんぶん尻尾を振るが、顔を見ると眠そうだとわかる。

ハティは昨日から何度も高速移動をして、高度な魔法を使って結界を構築しようとした。

そのうえ、戦闘したのだ。眠った方がいい。

「ありがとうございます。お言葉に甘えさせていただきます」

俺は大王にお礼を言う。

一晩眠っていなかったので、俺自身も眠かった。

俺は大人なので我慢できるが、子供のロッテやコラリーは眠った方がいいだろう。

ロッテとコラリーは、湖底で仮眠を取ってはいたが、睡眠は足りていないはずだ。

前大王の遺灰を、魔法の鞄から取り出して大王に渡す。

「……りゃぁ」

灰を見てユルングが寂しそうに鳴いた。

「ユルング。寂しいであろうが……」

大王は妹であるユルングを困った表情で見る。

「ヴェルナー卿、ユルングを頼む」

「はい」

そして、大王は歩いて行った。

第一章 古竜の王宮

大王と別れた後、侍従が客室へと案内してくれる。

「ヴェルナー卿、みなさま。こちらへ」

巨大な侍従が、ゆっくりと歩いて、巨大な王宮の奥へと歩いていく。

俺たちはその後ろを付いていった。

「主さま、古竜の客室はでかいのじゃ！　きっと、びっくりするのじゃ！」

「楽しみだよ」

「ロッテ、コラリー、本当に凄く広いのじゃぞ！」

「そうなのですね。楽しみです」「……」

ハティは自慢げに尻尾を揺らしている。

その後、侍従が案内してくれた客室は、ハティが自慢したくなる気持ちがわかるほど、とても広かった。

一部屋が辺境伯家の屋敷ぐらいあり、寝台が大広間ぐらい大きい。

客室の隣には浴場があり、その湯船は王宮の大きな池ぐらいあり、体を洗う場所も同じくらいの広さがあった。

魔法の照明が至る所に設置されており、明るかった。

窓の外を見ると昼だというのに猛吹雪で暗かった。

「皆さま、着替えもご用意してありますので、ご自由にお使いくださいませ」

俺たちが旅立ってから、古竜たちが用意してくれていたらしい。

体に合う衣服が、下着も含めて、人族全員分用意されていた。

デザインは今着ている服と同じだが、素材は柔らかく、伸縮性があって動きやすい。

「ありがとうございます。助かります」

戦闘で服は傷んでいる。古竜の配慮がありがたかった。

「ロッテもコラリーも着替えなさい」

そう言って、俺は古竜たちの用意してくれた衣服に身を包む。

右腕の骨が折れていることを、皆に気付かれないように素早く着替える。

脱ぐときに、右腕に服が当たり、声を出しそうになったが、ぎりぎりこらえた。

俺が怪我(けが)をしていることを、ハティやロッテ、コラリーに知られるわけにはいかないのだ。

もし知られれば、心配させてしまう。

これから眠るというときに、余計な心配は安眠の妨げになりかねない。

しらせるならば、睡眠をとって、目を覚ましてからがいい。

「着心地がよいな」

「気に入ったかや？　古竜の衣装係も喜ぶのじゃ」

ハティがそう言うと、侍従も深く頷いた。

「私ども古竜は滅多に服を着ませんから、古竜の衣装係は数千年練習し続けても、その成果を見せる機会が少ないのですよ」

俺も製作職なので、古竜の衣装係の気持ちはわかる。

「ロッテとコラリーはどうじゃ？　サイズが合わないとか、肌触りが好みではないとかないかや？」

そのときにはロッテとコラリーは着替え終わっている。

もちろん俺は背を向けていたので、二人の着替えは見ていない。

「これほど着心地のいい服は着たことがありません」

「……とてもいい」

「そうかや！」

ハティは嬉しそうに尻尾を揺らす。

「ユルングも喜んでいるみたいだぞ」

「りゃあ～」

俺の着た服にユルングは頬ずりしていた。

「衣装係に感謝をお伝えください」

「はい、彼らも喜ぶでしょう」

その後、侍従は部屋を去って行った。

侍従が去るとハティが言う。

「主さま！　一緒に寝るのじゃ！」

ハティは嬉しそうに、大きな姿のまま寝台に向かう。

寝台は広いので、巨大なハティが横たわっても、まだまだ余裕があった。

「ロッテも、コラリーも！　ほら！　この辺りがよいのじゃ！」

ハティは自分のお腹の横ぐらいの位置をロッテとコラリーに勧めている。

「あ、はい。ありがとうございます」

「……ありがと」

ハティとコラリーが横になる。

「主さま！　この辺りの寝心地がよいと思うのじゃ！」

ハティは顔の近くの場所を勧めてくれていた。

「そうか、じゃあ、その辺りで……」

俺はハティが勧めてくれた場所に横たわる。

ユルングは俺のお腹にくっついている。

赤ちゃんのユルングは、色々あって疲れていた。

俺が横になったら、ユルングは目をつぶる。

「ユルング、ゆっくりお休み」

「りゅう」

静かに寝息を立ててユルングは眠った。

ユルングが眠りにつくのとほぼ同時、ハティは、

「きゅるる」

変な声を出して眠りはじめた。

寝息自体は、体格に比して静かな方なのだろうが、いかんせん体がでかいので寝息もでかい。

俺の近くにあるハティの鼻がひくひくしている。

音の割に、鼻息の風量自体は少なかった。

「ハティもお疲れだな」

俺はハティの口元を優しく撫でた。

ハティはユルングより体温が低いが、充分温かい。

古竜二頭は横になってすぐ眠りについたが、ロッテはまだ眠れないようだ。

「眠れないか？」

「はい」「…………くぅ」

ロッテは眠たいのに眠れないという状態だろう。

コラリーは、既に眠っていた。

ロッテはハティのお腹の近くで仰向けに横たわっている。

「色々あると、徹夜してても中々眠れないよな」

俺も若い頃、ケイ先生に連れられて強力な敵と戦った後、疲れているのに眠れなかったものだ。

「私は湖底で眠らせていただきましたから」

「暗くて硬い湖底だったし、よく眠れなかっただろう。時間も短かったし」

ロッテはチラリと眠っているとコラリーを見る。

「……きゅぅ」

寝付けないロッテと対照的に、コラリーはハティのお腹に抱きつくようにして眠っている。

「コラリーはすごいです」

「まあ、すぐに眠れることは有用な特技だ」

「がんばります」

「気負わなくていいぞ」

気負ったら余計眠れなくなる。

シャンタルのことや戦いのことを話すのも、起きてからにした方がよいだろう。

「目をつぶって、何も考えないようにして、全身の力を抜いていくイメージをしていればいいよ」

「はい」

そう言いながら、俺自身も実践する。

右腕が痛くとも、眠った方がいい。

痛みを気にしないようにしながら、呼吸を整える。

骨が折れているせいで、俺の体温が上がっていた。

…………

……

——コンコン
「はっ」

扉がノックされる音で俺は目を覚ました。

ロッテ、コラリーは眠っている。

「ハティ?」

巨大なハティは扉の近くに立っていた。

ハティが起きたことに俺は気付かなかった。

きっと俺たちを起こさないように、静かに寝台から出たのだろう。

ハティのお腹の上にいたコラリーは、ロッテにぎゅっと抱きついて眠っていた。

「ん。起きたのかや?　主さまは寝てた方がいいのじゃ。熱もあがっておるのじゃろ?」

眠りにつく前より体温が上がっていた。

「ばれてたか」

「当たり前なのじゃ。腕の骨が折れているのに気付かないわけがないのじゃ」

ハティは小声でそう言って、扉を開ける。

「遅かったではないかや」

「申し訳ありませぬ。王宮を離れておりまして」

「そうであったか。忙しいところすまぬのじゃ」

「もったいなきお言葉」

「よく来てくれたのじゃ。感謝するのじゃ。ささ、こっちにくるのじゃ」

巨大なハティがそう言って部屋の中に連れてきたのは白い服を着た竜だ。

身長は俺と同じくらい。二足で立っており両手で身長ほどある杖を持っている。

部屋の中にその竜が入ったとき、一瞬探られるような感覚があった。

「おやすみ中のところ申し訳ありません」

俺も寝台から立ち上がって、出迎える。

「いえ、かまいません。あなたは？」

「お初にお目に掛かります。ヴェルナー卿。私は古竜の神官ゲオルグと申します」

「神官さま……竜神さまのでしょうか？」

「はい。ご推察の通り竜神の神官でございます」

そう言ってゲオルグは微笑んだ。

竜の表情はわかりにくいが、俺には微笑んだことがはっきりとわかった。

「りゃぁ～」

目を覚ましたユルングが、ゲオルグを見て首をかしげて可愛く鳴いた。

「これはユルング殿下。ご尊顔を拝す栄に浴し、恐悦至極に存じ奉ります」

「りゃ」

丁寧な挨拶を受けて、ユルングはきょとんとしている。

「主さま。ゲオルグは神官、つまり治癒魔術を使えるのじゃ。主さまの治療に来たのじゃ」

「ありがたいが、大王の治療が先だろう」

「ヴェルナー卿の治療を終えたらすぐにでも」

「いや、明らかに大王の方が重傷だ」

するとゲオルグは首を振る。

「陛下は古竜です。腕を切ろうが、尻尾を切ろうが、内臓が一つ二つ潰れようが、死にません」

「それは……凄いですね」

「はい。凄いのです。そうでなければ、万年生きることなど難しいでしょう」

そう言って、ゲオルグは微笑んだ。

「怪我した恩人であり客人でもある主さまより先に治療を受けたりしたら、父ちゃんは古竜の竜望を失ってしまうのじゃ」

「竜望?」

「人望のようなものなのじゃ。恩しらずの古竜は尊敬されないのじゃ」

ハティも命の恩人である俺に仕えなければ、恩しらずとして古竜社会で信用を失ってしまうと言っていた。

長寿かつ、狭いコミュニティだからこそ、古竜は恩というものを大切にするのかもしれない。

「ですから、ヴェルナー卿に治療を受けていただけなければ、陛下は治療を受けられませぬ」

「父ちゃんを助けると思って、頼むのじゃ」

「わかりました。そういうことならば、よろしくおねがいします」

俺がそう言うと、ゲオルグは微笑んで、俺の右腕に杖をかざすと、

「――――……――」

人の耳では聞き取れない、うなり声に似た言葉を唱える。

当然、俺には言葉の意味がわからなかった。

だが、あっというまに右腕の痛みが消えていく。

「りゃぁぁ」

ゲオルグの杖の輝きを見て、ユルングはきらきらと目を輝かせた。

「ありがとうございます。楽になりました」

「ならばよかったです」

「あの唱えていた言葉は一体何の言葉なのですか？」

「竜神に願いを伝えるための古い言葉です」

ゲオルグは何でも無いことのように言う。

「数万年、いやもっと前、神がまだ地上にいたころに使っていた言葉なのじゃ」

「それは、なんとも、人族には想像を絶する世界ですね」

「そうなのじゃ！　ゲオルグは凄いのじゃ！」

自慢げなハティにゲオルグは言う。

「殿下。それはさすがに言い過ぎです。オリジナルの神の言葉ではなく、それを元にした古竜でも

話しやすい言葉。それが竜の神聖言語ですね」

「それでも凄いです」

人族の神官とは、レベルが違うようだ。

人族の神官ならば五十年も神に仕えたら長い方だ。

だが、古竜の神官は、余裕で数千年を超えて神に仕えているのだ。

文字通り、年季が違う。

「無駄に長生きなだけですよ。さて、ヴェルナー卿、この薬を飲んでください」

「これは?」

「熱冷ましです」

ゲオルグがくれた薬を飲むと、途端に楽になった。

「ありがとうございます。熱がひいた気がします」

「効いたようでなによりです」

「古竜は人の薬をつくるのも得意なのですか?」

「大昔、人の街で神官をしていたとき、薬師のまねごとをしていたことがあるのです」

「そうだったのですね」

もしかしたら、ゲオルグのように人の街で暮らした古竜によって、人の文明の発展が加速したのかもしれない。

「これで大丈夫でしょう。さて、次は殿下の怪我を見ましょう」

「父ちゃんの方が重傷なのじゃ」

「それでもです。殿下の治療を優先するようにと勅命を受けておりますから」

ゲオルグはハティの傷もたちまちに癒やし、次にユルングのことも診察する。

「ふむ。ユルング殿下、尻尾の先が少し」

「りゃぁ？」

「命に別状がある怪我ではありませんし、痛くはないでしょうが……軟骨の一部が……少し。治療しておきましょう」

「りゃ？」

ゲオルグはユルングに杖を掲げる。そして竜の神聖言語を唱える。

「りゃ〜？」

治療を受けてもユルングはよくわかっていなさそうだった。

「ユルング、調子はどうだ？」

「りゃ！」

元気に、だが小さめに鳴くとユルングは俺の腕から離れてパタパタ飛び始める。

小さめに鳴いたのは寝ているロッテとコラリーを起こさないためだろう。

俺は改めてゲオルグに頭を下げる。

「ありがとうございます。私だけでなくユルングまで治療していただいて」

「いえいえ、ユルング殿下は我ら古竜にとっても大切なお方ですから」

「ユルングも元気になったようです」

そう言って、俺はパタパタ飛ぶユルングに目をやった。

「りゃ〜〜」

ユルングはパタパタ飛びながら、寝ているロッテに手をかざしていた。

「ユルング、ゲオルグさんの真似をしているのか？」

「可愛らしいですね。和みます」

ゲオルグはまるで孫を見る優しい祖父のような笑みを浮かべる。

「ユルングは良い子なのじゃ。自分がされて気持ちが良かったからロッテにもしてやろうと思っているのじゃなぁ」

「優しい子だなぁ」

そう俺が呟くと、ゲオルグとハティもうんうんと頷いていた。

「さて、王女殿下たちの診察も済ませま…………んん⁉」

ゲオルグが絶句する。

ロッテとコラリーの状態が、想像以上に悪かったのかと一瞬思ったが、

「ユルング殿下？」

ゲオルグが見つめていたのはユルングだった。

「りゃ〜」

ユルングは羽をパタパタ可愛らしく動かしながら、両手をロッテに向けている。

その両手がぼんやりと光っていた。

「魔法？　いや……」

俺が言いよどむと、ゲオルグが頷いた。

「ヴェルナー卿のご推察の通りです」

「つまりどういうことなのじゃ」

「殿下がお遣いなのは、治癒魔術。つまり神の奇跡です」

ロッテに治癒魔術を使った後、ユルングはこっちに戻って来て、俺の胸にしがみつく。

「りゃむ」

そして、そのまま眠り始めた。

奇跡を使ったことで眠くなったのだろう。

「あの、ゲオルグさん」

「はい」

「あり得るのですか？」

人族ならば、赤子が見ただけで治癒魔術を使うなど聞いたことがない。

「常識で考えれば、あり得ませんね。古竜でも」

「どういうことでしょう？」

「わかりません」

「ユルングは天才なのじゃぁ」

ハティは嬉しそうに尻尾を揺らしている。

だが、俺はそこまで楽観的には考えられなかった。

「ゲオルグさん、念のためにロッテを見てあげてくださいませんか?」

「もちろんです。私もそうすべきだと思っていました」

万が一、ロッテに悪影響が及んでいたら、すぐに対処しなくてはならない。

ゲオルグはロッテに手をかざして診察を開始する。

「……異常はありませんね」

「ユルングが行使した奇跡は、効果を発揮しなかったのでしょうか?」

「いえ、そうではないと思います」

ゲオルグはコラリーに手をかざして、診察しながら言う。

「私は部屋の中に入った瞬間に全員の簡易診察を済ませております」

「そんなことまでできるのですか?」

人族の治癒術師でそのようなことができる者がいると聞いたことがない。

「ヴェルナー卿はお気づきになっていたでしょう?」

「一瞬、探られたような気配は感じました」

「大変失礼いたしました。昔、診療所で働いていたころの癖でして……」

大量の患者を捌くための技術なのだろう。

一瞬で大まかな重症度を判断し、治療の優先順位をつけるための診察だ。

「私の高速簡易診察に気付かれたのは初めてですが……、それはともかく王女殿下は怪我をされておりました」

「そうだったのですね」

「もちろん重傷ではありませんよ。かすり傷と言われる程度の怪我です」

「その怪我が治っていると？」

「はい、殿下の奇跡の効果でしょう」

ゲオルグは話しながらコラリーを診察しおえて、治癒魔法を使った。

「コラリーも怪我を？」

「はい。もっとも王女殿下よりさらに軽い怪我ですが」

治癒魔法を掛けられても、ロッテもコラリーは熟睡したままだ。

ユルングの奇跡については、後で話し合うことになった。

まだ、大王は深い傷を負ったままだし、俺たちも睡眠が足りていないからだ。

「大王陛下には治療のついでに私から報告しておきましょう」

そう言って、ゲオルグは大王を治療するために部屋を去って行く。


ゲオルグを見送ると、ハティは俺の右腕を大きな手でそっと摑んでじっと見る。

「主さま、大丈夫かや？」

「おかげさまで。もう全く痛くないよ」

「熱はどうなのじゃ？」

「薬も効いたし、熱も下がりつつある。骨折による発熱だったからね」

原因が取り除かれたのだから、熱もすぐに下がるだろう。

「ならば、よかったのじゃ～。主さまも寝るといいのじゃ！」

安心した様子で、ハティは寝台に横になる。

「ああ、休ませてもらうよ」

俺はユルングを抱いたまま横になる。

「ユルングは天才じゃったか～」

「古竜の神官って少ないのか？」

「……少ないのじゃ」

ハティは眠そうだ。反応が遅くなり口数が少なくなっていく。

「りゃあ」

お腹の上に乗せたユルングが、寝ぼけたまま俺の右腕の方に移動して匂(にお)いを嗅いでペロペロなめた。

「ユルングも俺の怪我に気付いていたのか？」

「…………そりゃ気付くのじゃ。怪我の臭いがしていたのじゃ」

「怪我の臭い？」

「…………うむ。…………………独特の臭いじゃ」

それは嗅覚が鋭い古竜ならではの感覚かもしれなかった。

「主さまが……元気になって、よかったのじゃぁ……すぅ……」

ハティは話している途中で寝落ちした。

俺とハティの位置関係は先ほど寝台に入ったときとほぼ同じだ。

ハティの鼻先は俺のすぐ近くにある。

だが、先ほどと異なり、きゅるきゅる鳴っていないし、鼻がひくひくしていない。

もしかしたら、先ほど、ハティは狸寝入りをしていたのかもしれない。

俺はハティの口周辺を撫でた。

「ハティ、ありがとうな」

「……すぴー」

きっと、ハティはロッテとコラリーが気兼ねなく眠れるように気を使ったのだ。

俺の怪我に気付けば、ロッテとコラリーは心配して眠れなくなる。そう思ったに違いない。

だからこそ、俺の怪我について何も言わずに、のんきに眠ったふりをしてみせたのだろう。

俺はハティに感謝しつつ、ハティの近くで眠ったのだった。


俺が目を覚ましたとき、時刻は正午を少し過ぎていた。

相変わらず窓の外は吹雪で薄暗い。

「あ、主さま、起きたのじゃな？　体の調子はどうかや？」

そう尋ねるハティの姿は見えなかった。ロッテとコラリーもいない。

ロッテとコラリーはトイレに行ったか、お腹が空いてご飯を食べに行ったのかもしれない。

どこに行ったにしろ、ここは古竜の王宮。

ロッテもコラリーも安全だろう。心配することは何もない。

「おはよう。調子はいいよ。もう全快と言っていいかも」

「ならよかったのじゃあ」

「ハティはお風呂か？」

ハティは客室の隣にある、池のように巨大なお風呂に入っているらしかった。

「りゃあ〜」

「ユルングもか」

ここからは見えないが、どうやらユルングもハティと一緒にお風呂に入っているようだ。

「ふむ」

俺は寝台から立ち上がると、体の調子を確かめる。

どこにも痛みもないし、熱も下がった。

骨折が治ったばかりの右腕に力を入れてみるが問題ない。

傷ついた筋肉も完治しているようだ。

「ゲオルグさんに改めてお礼を言わないとな。ハティはどうだ？」

ハティは俺よりひどい怪我を負っていたのだ。

「ハティも全快なのじゃ！」

「それならよかった」

「りゃあ～」

「む、ユルングもいつもより調子がいいのかや？」

お風呂の方からバシャバシャと音がする。

俺からは見えないが、ユルングが元気に泳いでいるらしい。

尻尾の軟骨を治療してくれたらしいので、それでユルングも調子がいいのかもしれなかった。

「ふぅぃ～」

ハティは気持ちよさそうな声を上げている。

「ハティ、背中でも流そうか？」

「そんな、悪いのじゃ」

「遠慮するな。折角（せっかく）の手足を伸ばせるお風呂なんだ。とことんゆっくりのんびりしたらいいぞ」

ハティが本来の姿のままくつろげるお風呂は、人族社会には滅多にないのだ。

「じゃあ、折角なのじゃし、頼むとするのじゃ。えへへ」

「え？」

ハティの照れるような言葉と同時に、ロッテの驚く声がした。

「まさか、ロッテも一緒にお風呂に入っているのか？」

「はい」

「……私も」

「コラリーもか」

そうなると、話が変わってくる。

俺が浴場に入ると、全裸のロッテとコラリーに鉢合わせすることになるからだ。

「そ、そうだな。背中を流すのは次の機会でいいかもな」

「えー、主さま、背中流してほしいのじゃ」

バシャンバシャンと水音がする。

きっとハティが尻尾を水面にぶつけているのだろう。

「ハティ。人間の男女は一緒にお風呂に入らないものなんだよ」

「むむう～」

「……ヴェルナーならいい」

「コラリーもこう言っておるのじゃ」

「コラリー。よくないぞ」

コラリーは人族の一般常識が欠けているので、少し困る。

「あ、あの、私たちはもう出るので」

「ゆっくり入っていていいのじゃぞ？」

「これ以上、入っていたらのぼせてしまいますから」

古竜は火炎の中でも大したダメージを受けないほど熱に強い。

脆弱(ぜいじゃく)な人族に比べて、圧倒的にのぼせにくいのだ。

しばらく待っていると、ロッテとコラリーが出てきた。

頬が上気しており、さっぱりして、服も新しくなっていた。

恐らく古竜の衣装担当者が俺たちの寝ている間に作ってくれた服だろう。

「いいお湯でした」

「……気持ちよかった」

「それはよかった」


俺は二人と入れ替わる形で、脱衣所に入る。

服を脱いで、浴場に入るとハティは大きな湯船に仰向けで浮いていた。

ユルングはハティの回りを、結構な速さで泳いでいる。

「ハティ、気持ちよさそうだな」

「やっぱりお風呂は気持ちがいいのじゃ」

そう言って、ハティは湯船を出ると、体を洗う場所にやってきた。

「りゃあ～」

高速で泳いでいたユルングも、パタパタ飛んで俺の方に来る。

そして、濡れた体のまま抱きついた。

「ユルングも気持ちいいか？　のぼせてないか？」

「りゃ～」

ユルングも体の調子がいいらしい。

元気に尻尾を振っている。


「よし、ハティ、うつ伏せになってくれ。体を洗う道具はこれかな？」

浴場には巨大なブラシが置いてあった。

柄が俺の身長の三倍ほどあり、ブラシの部分は二人掛けのソファぐらいある。

古竜が自分で背中を洗うのに使うのだろう。

「ハティ、こんな感じか？」

俺はハティの背中に乗って、そのブラシでゴシゴシこする。

「あぁ～～、きもちがいいのじゃぁ～」

かなり力一杯ゴシゴシしているが、痛くないらしい。

「りゃ～」

ユルングは、ハティの背中を洗うブラシに抱きついている。

きっと手伝ってくれているつもりなのだろう。

「思っていたより、ハティの背中は綺麗だな」

鱗と鱗の間に、汚れが溜まっているというわけでもない。

「大きくなったり小さくなったり、人型になったりしているからかもしれぬのじゃぁぁ～」

「なるほどなぁ」

「それに、凄い攻撃を食らったら、汚れなど吹き飛ぶのじゃぁぁ～」

「そう言われたらそうか」

灼熱の火炎で焼かれたら、汚れは灰になってしまうだろう。

暴風の中に突っ込んだら、汚れは吹き飛ぶに違いない。

俺は二十分ほどかけて、ハティの背中をブラシでみがいた。

「すっきりしたのじゃあ！　ありがとうなのじゃ」

「気にするな。いつもお世話になっているからな」

温かい湯気の中、ハティの背中をゴシゴシしていたら、汗だくになった。

「主さまも風呂に入るといいのじゃ。新しい服も用意してあることじゃし」

「じゃあ、そうしようかな」

「りゃっりゃ！」

そして、俺はハティとユルングと一緒に湯船に浸かり、疲れを癒やしたのだった。


コラリーが俺の背中を流そうと全裸で突撃しようとしてロッテに止められるという事件はあったものの、それ以外はのんびりとした時間が過ぎていた。

俺は風呂から上がると、ユルングのことをタオルで拭いた。

そして、古竜の衣装係の用意してくれた服を着た後、自分で不器用に身体を拭いていたハティのことをタオルで拭いた。

「ふお〜〜。気持ちいいのじゃ！」

「そうか？　普通に拭いているだけだが」

「羽の間とか、自分では手が届かないのじゃ」

「りゃ〜」

ユルングも小さなタオルを持って来て、ハティのことを拭いてあげていた。

「ユルングもありがとうなのじゃ」

「りゃ」

俺とユルング、ハティが浴場から出ると、ロッテとコラリーはのんびりしていた。

ロッテとコラリーの髪の毛もちゃんと乾いていた。

きっとロッテがコラリーの髪を拭いてあげたのだろう。


しばらくみんなでのんびりしていると、大王がやってきた。

「ヴェルナー卿、休めただろうか？」

「おかげさまで、休めました。ありがとうございます」

俺は神官ゲオルグを遣わしてくれたことと衣服についてもお礼を言う。

「ならばよかった。我らは人族の客人をもてなすことに慣れていないのだ」

そう言って、大王は微笑んだ。

「大王こそ、お怪我はよろしいのですか？」

「うむ。もう全快である！」

大王が負った傷は全て跡形もなく消えていた。

「古竜の神官さまの治癒魔術はすさまじいですね」

「文字通り年季の桁が違うからのう」

「……ゲオルグさまと聖女は、どちらが治癒魔術の力量が上なのでしょう？」

聖女シャンタルは人族の中では比類なき治癒魔術の使い手だった。

だが、古竜から見れば、千歳ちょっとの若造に過ぎない。

だから、もしかしたら、ゲオルグの方がシャンタルより上なのではと思ったのだ。

「比べ物にならぬ」

「それはゲオルグさまのほうが圧倒的に――」

「下であろうな。ゲオルグ自身もそれは自覚しておるから、あえて言うが……」

「そうなのですか？　少し意外です」

「ああ。総じて古竜の方が人族より強く、技術も高い。だが稀に人族には常識を超えた者が現れる」

そして、昔を思い出しているかのように、大王は遠い目をして言う。

「聖女。それにヴェルナー卿の師匠である大賢者。いずれも比類なき強さであった」

大王はちらりとロッテを見てから、俺の目を見る。

「それに勇者もそうであろうな」

大王のいう勇者はラメット王国の初代国王である勇者ラメットのことであり、ロッテのことでもあるだろう。

「朕は……ヴェルナー卿もその列に並ぶ者だと考えておるのだが」

「陛下。それは買いかぶりです」

「ふふ、まあよい。……ユルングもそうなのかもしれぬな」

「かもしれません」

ユルングが治癒魔法を使ったことを大王も知っているのだ。

「……極めて稀に、古竜にも特別なものが生まれるのかもしれぬな」

「りゃ～？」

「大王、どうしたらよいのでしょう？」

天才ならば、教育が必要だ。

だが、俺には古竜の神官になるための教育を施すのは難しい。

「そうであるな。ともかくユルングは赤子なのじゃ。成長してから考えればよかろう」

「幼少時から教育を施した方がいいのではありませんか？」

「うーむ。人族と同様に、古竜もある程度話せるようになり歩けるようになってから教育すればいい」

「古竜もそうなのですね。……ちなみに何歳ぐらいから教育を始めるべきでしょうか？」

「そうだな」

大王は少し考える。

「……ハティに教師をつけたのは三十歳からだったか？」

「覚えてないのじゃ！」

「三十歳。遅いですね」

「確かに遅い。知能の発達具合を考えればな。だが古竜と人の寿命を考えれば早すぎるぐらいだ」

古竜の寿命を人族に換算すれば、生後数か月から教育を始めるようなものなのだろう。

「子供の頃の方が吸収が早いというのがあるだろうが、その点からいえば、古竜は別に五十歳や百歳からでもよい」

「なるほど、柔軟な時期が長いのですね」

「うむ。ならば、教育の開始が遅くともいいだろう?」

「確かにその通りだと思います」

古竜は寿命が長いのだ。

好きなことが見つかるまで、のんびり遊びながら過ごせばいい。

「どうせ数千年、数万年、学び続けるのだ。数十年、数百年、早かろうが遅かろうがただの誤差だろう?」

「人族としてはスケールが大きすぎて、何とも言い難い(がた)ですね」

「ふふ、そうかもしれぬな」

そう言って、大王は妹の頭を撫でる。

「ヴェルナー卿はのんびり愛情をもって接してくれればよい。それが一番の教育になる」

「りゃ〜」

どうやら、教育についてはのんびり構えていてもいいのかもしれなかった。

ユルングを優しく指先で撫でていた大王が言う。

「ふふ。まあよい。ところで、皆に頼みがある」

大王は俺とユルング、ハティとロッテ、コラリーを順番に見た。

「我が母の葬儀に参列してくれぬか？」

大王は笑顔のままそう言った。

俺たちが参列を快諾すると、大王は深々と頭を下げた。

第二章　古竜の葬儀

どうやら、古竜の葬儀に喪服も喪章も必要ないらしい。

俺たちは大王の案内で、葬儀の会場へと向かうことになった。

部屋を出ると大王は玉座の間とは別の方向へと歩いていく。

葬儀はどこで行うのだろうかと考えていると、大王が足を止めずに俺たちを振り返る。

「こちらには中庭があるのだ」

「中庭ですか？」

「うむ。中庭には、我らの墓所があるのだ」

古竜に墓所があるというのは意外だった。

「墓所といっても、人族でいえば記念碑のようなものだ。一般的に墓所に埋葬しないからな」

だから、湖底で大王は埋葬の仕方を悩んだのかもしれなかった。

「埋葬はしないが名前を刻む。死者に話したいことがあれば、その刻まれた名前に話すのだ」

大王は俺たちに古竜の風習について説明しながら歩いていく。

肉体よりも魂と、魂を意味する名前を重視しているのだろう。

名誉を重んじ、恩を重視する古竜らしいと、俺は思った。

しばらく歩いて巨大な扉の前に到着する。

その扉は玉座の間の扉よりも、装飾が豪華で立派だった。

大王はその扉をゆっくり開く。

まぶしいほど日の光に照らされた。

暖かいが少し涼しい春のような風が流れてくる。

この高度には生息しない木々と草木が生い茂っていた。

「外？　なのでしょうか？」

「……天気は悪かったはず」

ロッテとコラリーが小さな声で疑問を口にした。

「ここは一応外なのじゃ。ただ、魔法で不思議な空間になっておるのじゃ」

ハティの説明を聞いて、ロッテとコラリーは驚きに目を見開いた。

二人とも表情がそっくりだ。

「見事ですね。広範囲に幾重にも展開した結界を利用されているのでしょうか？」

「さすがヴェルナー卿（きょう）。一目で見抜かれるとは」

大王はそう言ってにこりと微笑（ほほえ）んだ。

明るいのは広範囲の結界をレンズのようにして、光を集めているのだろう。

暖かいのは分厚い結界で熱を逃がさないようにしているのだろう。

「ヴェルナー卿には、あとで結界装置をお見せしよう」

「ありがとうございます」

そして、大王はゆっくりと歩みを進める。

少し進むと、木々が開けて、広間になっている。

広大なラインフェルデンの王宮全体よりもさらに大きな広間だ。

その広間に古竜の長老衆や、俺の知らない古竜たちが並んでいる。

全部で三十頭ほど。恐らく世界中から古竜が集まっているのだ。

「りゃあ～」

ユルングは怯えることなく、俺にしがみつきながら、古竜たちを見つめて尻尾を振っている。

昨日、長老衆や大王に怯えていたとは思えないほど、物怖じしていない。

長老衆は俺を見て会釈してくれたので、会釈を返す。

他の古竜たちは俺を、いや、俺にしがみつくユルングを優しい瞳で見つめていた。

中庭の奥には大きな石板のようなものがあった。

面積は俺の研究所ぐらいで、高さは俺の腰ぐらい。

鏡のように磨かれた黒い石で、神代文字が刻まれている。

「石板には亡くなられた古竜の名が彫られている」

石板の下に亡骸があるわけではない。古竜にとっては亡骸より名前が大切なのだ。

「ヴェルナー卿、シャルロット王女殿下、そしてコラリー殿はこちらに」

大王に促されて、俺たちは石板の近く、最前列に立った。

大王から何も言われていないハティは黙って俺の隣に立つ。

大王は一度、俺たちと古竜たちに頭を下げた後、俺たちに背を向けて石板の方を向く。

「我らの偉大なる大王にして、我が母シェーシャよ」

どうやら、前大王の名はシェーシャと言うらしかった。

「千年の呪(のろ)いから解放され、神の御許(みもと)にたどり着きしこと、心底より賀(が)し奉(たてまつ)る」

大王は哀悼の言葉の前に祝いの言葉を述べた。

死自体よりも、呪いからの解放を重視しているのだ。

その後、大王は前大王の功績と感謝を朗々と述べた。


それが終わると、大王は俺に抱かれたユルングを見る。

「ヴェルナー卿。ユルングを連れてこちらに」

「はい」

俺がユルングを抱いたまま、大王の隣、石板の前に立つと、

「ユルング、母にお別れを言いなさい」

そう言って大王はユルングを俺の腕から抱き上げて石板の上に乗せる。

「りゃあ～」

ユルングは、理解しているのか理解していないのかよくわからない。

きょとんとした表情で、石板を撫でる。

ユルングが撫でた場所は、ちょうど前大王の名前が刻まれた場所だった。

神代文字をユルングが読めるとは思えないので、きっと偶然だろう。

「ヴェルナー卿もどうか母に一言」

俺は小さな声で前大王に語り掛ける。

「ユルングのことはお任せください。どうか安らかに」

次に挨拶したのは、前大王の孫であるハティだ。

「ばあちゃん。よかったのじゃ。ユルングのことは任せるのじゃ」

次に案内されたのはロッテとコラリーだった。

長老衆より先に案内されたのは死の瞬間に立ち会ったからかもしれないし、客人だからかもしれなかった。

ロッテは王女らしく丁寧な言葉で哀悼の意を伝えたが、コラリーは、

「……よかったね」

と一言だけ呟いた。

その後、長老衆から順番に前大王に別れの言葉を述べていく。

追悼の言葉より、呪いから解放されたことへの祝いの言葉と、個人的な感謝の言葉が多かった。

全員が別れの言葉を言い終えると、隣の部屋へと案内された。

「これは？」

隣の部屋には、沢山（たくさん）の食べ物と飲み物が用意されていた。

部屋に入ると同時に小さくなったハティが言う。

「葬儀の後は宴会なのじゃ」

「そういうものなのか」

小さくなったのはハティだけではない。

部屋に入る際、古竜たちはみな小さくなった。

「りゃ」「りゃっりゃ～」

小さくなった古竜たちが、はしゃぎながら、席へと向かう。

それを見てユルングも嬉（うれ）しそうに「りゃっりゃ」と鳴いている。

「か、かわいい」

ロッテは思わず口走り、

「撫でてもよいぞ」

それを聞いた、近くにいた長老衆の一頭がそう言って尻尾を振った。

「よ、よろしいのですか？」

「うむ」

「では、失礼いたしまして」

恐る恐ると言った感じで、ロッテは小さくなった長老を撫でる。

「りゃ〜」

万年生きているだろう長老が、まるでユルングのように鳴いた。

体が小さくなることで、古竜は童心に返るものなのかもしれなかった。

「……なぜみんな小さくなるの？」

コラリーは首をかしげて、ハティのことを抱きしめて撫でまくっている。

ロッテみたいに知らない古竜を撫でる度胸はなかったのだろう。

だから、ハティを撫でることで、古竜を撫でたい欲を発散しているのだ。

「大きい体で沢山食べたら大変なことになるのじゃ」

撫でられながら、ハティは答える。

「確かに、これだけの古竜がお腹いっぱい食べたら、牛ならば何百頭必要になるかわからないな」

「うむ！　主さまの言う通りなのじゃ。ささ、主さまも早く席に着くのじゃ」

俺はハティに促されて、席に着く。

ロッテは長老を抱っこしたまま、俺の右隣に座った。

コラリーはハティを抱っこしたまま、ロッテの右隣に座る。

「失礼」

そして、大王は俺の左隣に座った。

小さい姿の大王は、ハティによく似ているが、ハティと違ってどこか威厳があった。

「ヴェルナー卿も、王女殿下も、コラリー殿も、どんどん食べてくれ」

「ありがとうございます」

食べ物と飲み物は床に近いところ、お盆のようなものの上に置かれている。

柔らかい床の上に柔らかいクッションが置かれており、直接座って食べるようだ。

全員が席に着くと、宴会が始まる。

古竜たちは、わいわいと楽しそうに騒ぎながら、前大王の思い出話を始めた。

俺は隣に座っている大王に尋ねる。

「古竜の葬儀はいつもこのような雰囲気なのですか？」

「亡くなった古竜によって違うな。亡くなったのが若い古竜ならば、このような雰囲気にはならぬ」

「そうなのですね」

「うむ。それに母は千年もの間、苦しんでいた。だからこそだ」

古竜たちは前大王が苦しんでいたことを知っていたからこそ、苦しみから解放されたことを、祝っているのだろう。

「りゃ！」

「ああ、ごめんな。どれを食べたい？」

用意されているご飯は牛や豚、魔獣の肉や木の実などから、パンやシチュー、ケーキなど、調理されたものまで色々あった。

「これを食べるか？」

俺はユルングが食べたそうな物を、適当に選んで口に入れる。

「りゃむりゃむ！」

ユルングは尻尾を揺らしながら、美味しそうに食べる。

古竜たちは、会話をしながら、ユルングの様子をさりげなく窺っていた。

ユルングが前大王の娘にして、大王の妹なので気になっているのだろう。

見ているだけなのかと思っていたら、

「ヴェルナー卿、それにユルング殿下」

一頭の古竜がパタパタ飛んでやって来た。

「どうされましたか？」

「りゃあ？」

「御尊顔を拝す栄を賜り、恐悦至極に存じ上げます。我が名は……」

一頭が丁寧に挨拶してから名乗ると、続々と古竜たちがやってくる。

そして、挨拶し、名乗っていく。

今日初めてユルングに出会った古竜たちが、ユルングの前にパタパタ浮かぶ。

全部で、二十五頭ほどだ。

「みな、気持ちはわかるが、席に戻らぬか」

「それぞれの席からでも見られるし、話せるはずだ」

「うむ。殿下がびっくりしているであろ」

長老衆が古竜たちをたしなめる。

「みな、威厳ある古竜として節度を持たねばならぬぞ？　むぐむぐ」

最後に説教臭いことを言った長老はロッテに抱っこしてもらい、ご飯を手から食べさせてもらっている。

威厳のかけらもない姿だが、古竜たちは特に何とも思っていないようだった。

「りゃあ～」

そして、ユルングは特にびっくりすることもなく、楽しそうに尻尾を振っている。

「なんと度胸のある赤子であるか」

「将来有望ですな」

「殿下は、教えられてもいないのに治癒魔法を使ったそうですぞ」

「なんと！」

席に戻りながら、古竜たちが噂（うわさ）している。

なぜユルングが治癒魔法を使ったことを知っているのだろうか。

気になって、ちらりと大王を見ると、

「……すまぬ。つい自慢してしまった」

「気持ちはわかります」

大王は兄馬鹿（ばか）なのかもしれなかった。

席に戻った古竜たちは、

「殿下はとてもかわいらしいのう」

砕けた調子で話している。

挨拶以外、あまり礼儀にうるさくない文化なのだろう。

ハティも古竜はあまり堅苦しくはないと言っていた気がする。

「ハティ殿下、ユルング殿下は普段どのような古竜なのだ？」

「ユルングは好奇心が強い古竜なのじゃ。大体よい子なのだが、たまにいたずらするのじゃ」

そう返事をしたハティはコラリーに抱かれて、コラリーにお菓子を食べさせてもらっている。

「ほう。それはそれは、古竜らしい古竜ですな」

古竜たちは、まるで孫に向けるような優しい目でユルングを見つめている。

そして、ユルングに対して何でも聞きたがった。

好きな食べ物、好きな遊び、どんなおもちゃが好きなのか、いつもどのくらい寝ているのか。

だが、ユルングが俺に保護された経緯については聞かなかった。

恐らく古竜たちは何があったかを知っているのだ。

ユルングが俺に保護された経緯に言及すれば、人族の非道に触れざるを得ない。

だから、敢(あ)えて聞かないでくれているのだろう。

「……りゃ～～む」

パクパク食べてお腹(なか)がいっぱいになったから、眠くなったのだろう。

ユルングは大きく口を開けてあくびをした。

「眠っていいよ」

「りゃむ」

ユルングは俺のお腹に顔をぐしぐしと押しつけると眠りはじめた。

それを見た古竜たちは、微笑んだ。

一分ほど、皆が眠るユルングを見つめて、場全体が静かになる。


ユルングが寝息を立て始めたのを見て、長老衆の一頭が口を開いた。

「……さて、陛下。何が起こったのか、もう一度ご説明願いたい」

どうやら前大王の死を悼む会から、今後のことを話し合う会議へと区切りなく変化したようだ。

それも古竜の文化なのかもしれない。

長老の言葉を受けて、俺の左隣に座る大王は真剣な表情で頷いた。

そして、大王は俺たちが王宮を訪れたところから説明を開始する。

ユルングが前大王の娘だとわかり、前大王の下へ向かったこと。

そこにシャンタルが襲ってきて、倒したが、前大王の封印が解けたこと。

そして前大王を無事倒し、王宮に戻ってきたこと。

その流れを大王は端的に説明していく。

説明を聞いていた古竜たちは、皆険しい顔になった。

「……聖女シャンタルがなにゆえ？」

「聖女の王女殿下に対する敵対的態度にヒントがあるのではないか？」

「よくわからぬな。ヴェルナー卿。大賢者と連絡はつかないのか？」

俺に尋ねてきたのは長老の一頭だ。

「ヴェルナー卿も、ケイ博士にはしばらく会っておられないのだ。大賢者がどこにいるのかも不明だ」

大王が俺の代わりに答えてくれた。

「連絡手段がないか……むう。大賢者と話しができたら……」

「できないことをあれこれ言っても――」

「いえ、もしかしたら可能かもしれません」

俺がそう言うと、大王は目を見開いた。

「なに？　まことか？」

「可能性、だけですが」

俺は遠距離通話用魔道具をファルコン号に渡して届けさせたことを教えた。

「果たして、ファルコン号が先生の元に、既に到着しているのかはわかりませんが」

「連絡していただくことは可能だろうか？」

「はい、やってみましょう」

本当は起きたらケイ先生に連絡しようと思っていたのだ。

葬儀があったから連絡していなかっただけである。

いや、怒られそうだから理由をつけて後回しにしていたというのはあるかもしれない。

だが、ケイ先生に連絡しないで済む段階ではないのも間違いない。

「では、いきます」

俺は深呼吸して、覚悟を決めると、ケイ先生に繋(つな)がる遠距離通話用魔道具を起動する。

「先生。聞こえますか？」

『…………』

「どうやら、繋がりませんね、まだファルコン号が――」

そう言って、通話を終了しようとしたのだが、

『諦(あきら)めるのが早い！　ほんの数秒も待てぬのか、愚か者！』

魔道具からケイ先生の子供のような怒鳴り声が聞こえてくる。

「っ！」

俺の右隣に座っていたロッテがびくりとした。

ケイ先生の声はシャンタルの声とそっくりだ。

だから、ロッテがびっくりするのはよくわかる。

なぜかシャンタルはロッテにきつく当たっていたから、余計だろう。

「先生、大きな声を出さないでください。子供が怯えます」

「りゃ？」

寝ぼけ眼でユルングが俺を見る。

ケイ先生の大声のせいで、目を覚ましたのだ。

「ユルング、大丈夫だからね。怖くないよ～」

ケイ先生に聞こえるように、ユルングに声をかける。

『……すまぬ』

「わかればいいんです。これからは気をつけてくださいね」

ケイ先生のミスもあり、なんとか会話の主導権を握ることができた。

こうなったら、少し楽に話を進められるだろう。

「さて――」

『ん。わかっておる。我が妹の件だな?』

「そのとお――」

『話せば長くなるし、そちらに行ってもよいか?』

「こちらにで――」

『お主(ぬし)には聞いておらぬ。わしはそこにいる大王に聞いておる』

俺は驚いて左隣に座る大王を見た。

なぜ、ケイ先生は大王が俺の隣にいることをしっているのだろうか。

「……もちろん構いません。こちらからお願いしたいほどです。大賢者」

『それはよかった。古竜の王宮は中に入るための許可を取るのが大変で困る』

そのとき、小さくなって皆と一緒にご飯を食べていた古竜の侍従が、

「来客でございます」

手に持った魔道具を見ながら、そう言った。

第三章 大賢者

「失礼いたします」

侍従は一言そう言うと、席を立ち、部屋の入り口へと向かう。

扉を開けた侍従は、

「……………お久しぶりでございます」

一瞬固まった後、なんとか口を開いた。

「うむ、久しぶりだな。大王はこちらか？」

「はい」

そして、部屋の中にケイ先生が入ってきた。

「ひぅ」

俺の右隣のロッテが一瞬びくりとした。

あまりにも、シャンタルに似ているからだろう。

改めて見ても、そっくりだ。

「やあやあ、古竜の皆。久しぶりだな」

「こ、これは大賢者。お出迎えもせず」

慌てて大王が飛び上がり、パタパタと入り口にいる大賢者の元へと向かう。

「よい」

ケイ先生は鷹揚に頷いた。

そんなケイ先生に俺は言う。

「なにが、よいですか。王宮の外で待つのが礼儀です」

たとえ師だとしても、俺は小言を言わざるを得なかった。

案内もなしに王宮の中に入るなどあり得ない。

あまりにも古竜に対して礼を失している。

「む？　そうはいうがな。ヴェルナー。外は寒い。凍死してしまう」

ケイ先生は防寒具を着ていなかった。

当然だが、シャンタルと違い、全裸ではない。

色は違うが、ロッテの服に形は似ていた。

「嘘でしょう？　全く濡れていないですし、魔法を使って防寒していたはずです」

「嘘ではないよ」

「まさか。通話の前から王宮近くで待機していたとかいいませんよね？」

俺が連絡したのとほぼ同時に、ケイ先生がこちらに到着したとは思えない。

何時間も前から、いやもしかしたら、ずっと前から王宮の近くにいたのではないだろうか。

「どうであろうな？」

そう言って、ケイ先生はにやりと笑った。

ケイ先生は、俺が何を考えたか把握したうえで、笑っている。

表情が読めない。真相は後で本人に聞くまでわからないだろう。

そんなケイ先生に、大王は言う。

「大賢者。どうぞこちらに。寒かったでしょう」

「おお。すまぬな。大王」

「急いで火を準備させましょう」

「それには及ばぬ。ここは充分暖かい」

そんなことを言いながら、ケイ先生と大王はこちらにやってくる。

ケイ先生は歩きながら、古竜たちに挨拶(あいさつ)している。

どうやら、この場にいる古竜のほとんどとケイ先生は面識があるらしい。

「……ならば、紹介状ぐらいいくらでも手に入ったのでは？」

「……」

俺の呟(つぶや)きを聞いても、ケイ先生は何も言わずににやりと笑った。

そして、コラリーのところで足を止める。

「そなたがコラリーか」

話しかけられてコラリーはこくりと頷(うなず)いた。

「……そう」

コラリーは食事の手を止めていない。

もぐもぐ食べながら、ケイ先生に返事をする。

コラリーは何の緊張もしていないようだ。

「ん。いい魔力だ。ヴェルナーになんでも聞くがよい。励め」

「……わかった」

コラリーは相変わらずもぐもぐしていた。

ケイ先生は、次にコラリーに抱かれていたハティに目をつける。

「そしてそなたがヴェルナーの従者になってくれたハティだな」

「そうなのじゃ。はじめてお目に掛かるのじゃ。主さまの従者にして大王の娘、ハティなのじゃ」

「うむ。可愛いな。ヴェルナーを頼むぞ」

「任せるのじゃ！　主さまのお師匠さま」

嬉しそうにハティは尻尾を振った。

ケイ先生は、そんなハティを見て満足そうに頷くと、コラリーの隣に座るロッテに目を向ける。

「シャルロット、大きくなったな」

「あ、ありがとうございます。大賢者さま」

コラリーと違って、ロッテはガチガチに緊張していた。

姿形、声がそっくりな、シャンタルのせいだろう。

「ふむ」

ケイ先生はロッテの顎の下に手をやって、くいっと顔を上げさせて、その目をじっと見つめた。

「ひぅ」

ロッテが怯えたような声を出す。

ロッテに抱かれた長老も「りゃぁ」と不安そうに鳴いていた。

長老がまるでユルングのようだと思いながらも、俺は弟子に助け船を出すことにした。

「先生、ロッテと面識があるのですか？」

「もちろんだ。シャルロット、覚えておらぬか？」

「も、もうしわけ――」

「よい。幼かったゆえ覚えていなくとも仕方あるまい。あれは確か、十三、いや十四年前か？」

「そんなに前ならば、ロッテは赤子。覚えているわけがないでしょう」

俺が敢えて呆れたように言うと、

「そうか。確かにおむつを替えた覚えがあるな」

ケイ先生は楽しそうに笑った。

「うむ。シャルロット。頑張っておるようだな。結構なことだ」

「ありがとうございます」

「うむうむ。もっとヴェルナーを利用しろ」

「利用ですか？」

「うむ。弟子は師を使うものだ。遠慮するでないぞ」

ケイ先生は俺とロッテの間に座った。

「ヴェルナー、もう少しそっちに行け。せまい」

「いやいや、急に割り込んだのは先生でしょう」

そういいつつも、俺は少し大王の方へと移動する。

「それにしても、利用ですか」

なんとなく釈然としなかった。

「なんじゃ？　ヴェルナーもわしを散々利用し倒していただろう？」

「…………そんなことは」

「あるだろう？」

ケイ先生はにやりと笑った。

「否定はできませんが」

主観的に考えれば、ケイ先生から色々と利用されていたという思いの方が強い。

だが、冷静に客観的に考えれば、俺がケイ先生を利用していたと言っても間違いはない。

……そんな気がした。

そして、俺とロッテの間に腰を下ろしたケイ先生はユルングをじっと見る。

「そなたがユルングだな」

「りゃ？」

ユルングはケイ先生を見て首をかしげる。

「ヴェルナーの師ケイだ。よろしく頼む」

「りゃ～」

「愚妹が迷惑を掛けた」

そう言って、ケイ先生はユルングに深々と頭を下げる。

「りゃ？」

「そなたを魔道具に組み込んだのは妹に与するものたちであろう」

「りゃ～？」

「本当にすまぬ」

ケイ先生の謝罪の言葉を、古竜たちは黙って聞いていた。

緊張した空気が流れる。

「りゃむ」

「それは大賢者のせいではありますまい」

大王がそう言って微笑んだ。

「だが、それでも……すまぬ」

「りゃ～」

「ユルングも許すと言っておりますので」

大王はそういうが、ユルングが本当に許すと言っているかはわからない。

そもそも、ユルングは赤ちゃんだから理解していないのではないだろうか。

だが、ケイ先生を許さないと、話を進められない。

そう、大王は判断したのだろう。

「……本当にすまぬな」

最後にもう一度、ケイ先生が謝ると緊張した空気が弛緩した。

「大賢者、どんどん食べてください」

「おお、ありがとう。シャルロットも食べておるか？」

「は、はい」

「どんどん食べて大きくなるがよいぞ」

「あ、ありがとうございます」

ケイ先生はロッテを優しい目で見つめている。

その目はシャンタルがロッテを憎しみの籠もった目で睨み付けていたのとは対照的だ。

「先生、まるで孫を見る祖母ですね」

「まあ、実際そのようなものだ。……して、ヴェルナー」

ケイ先生の目が鋭くなった。

「そなたの姉上に報告はしたのか？」

ケイ先生に問われて、俺は忘れていた課題を指摘された気分になった。

もっとも、俺は真面目な学生ではあったので、滅多に課題を忘れたりはしなかった。

それでも長年の学生生活、課題を忘れたことは数度あった。

「いえ、まだですが」

「ならば、した方がよかろうな」

その言葉も俺が課題をしていなかったときと同じだ。

俺が課題をしていないと、いつも決まって冷たい目でそういうのだ。

「そうですね」

「すぐにな」

「わかりましたよ。失礼します」


俺は、姉に連絡するために、一言断って、ユルングを抱いたまま会場から外に出た。

会場を出てすぐに遠距離通話用魔道具を起動して、姉に呼びかける。

「姉さん、聞こえる？」

『……聞こえるよ。どうしたの？』

「進展があったから報告しようと思って」

『聞かせて』

俺は姉にこれまでの経緯を報告する。

ユルングの親について、シャンタルと前大王についてもだ。

「それで皇太子殿下にも、姉さんが必要だと思うことをしらせておいてくれ」

俺が本当にしらせたいのは、皇太子というよりも近衛魔導騎士団にだ。

近衛魔導騎士団にしらせるには、その上である皇太子に報告するのが確実だ。

『わかった。まかせておいて』

「あ、それと、皇太子殿下には赤い宝石のお礼を言っておいてくれ。とても役だった」

『ん。よくわからないけど、伝えておくよ。それでヴェルナーはいつ戻ってくるの？』

「いま古竜の王宮で歓待を受けているし、ケイ先生もやってきたから、いつ帰るかちょっとわからない」

『そう。ケイ先生が。わかった』

ケイ先生の名を出したからか、姉はあっさりと納得してくれた。

姉への報告を終えると、俺は会場へと戻る。

そして、楽しそうに古竜たちと話しているケイ先生の隣に座る。

「ん。報告は済ませたか？」

「はい。姉に報告すれば皇太子殿下にも伝わるでしょう」

「そうだな」

そのとき、長老の一頭が言う。

「して、大賢者。聖女の目的は何なのでしょう？」

「……わしにもわからぬ」

だからこそ、対応が後手に回ったのだ。

「だが、推測はできる」

「その推測をお聞きしても？」

古竜たちはじっとケイ先生のことを見つめている。

「………その前にヴェルナーとロッテ、コラリー。大魔王になる条件は知っているか？」

「邪なる神の祝福を受けたものなので……神のみぞ知るでしょうか？」

ロッテが答えると、ケイ先生は笑顔になった。

「まさにその通りだ。もちろん傾向というものはあるがな。あくまでも神のみぞ知るだ」

「その傾向というのはなんでしょうか？」

「うむ。その神に好まれる性質を持っているというのはあるかもしれぬ。だが、神が何を好むかは本当にわからぬ」

「我ら地上のものたちに、神の考えは到底わからぬよ」

大王が遠い目をして、そう言った。

それを聞いた古竜の長老たちもうんうんと頷く。

数万年生きた長老たちは、神の思考は理解できないと思いしらされているようだ。

「性質の他にもう一つ大きな傾向がある。コラリー、何かわかるか？」

「………強さ？」

「その通りだ。さすがはわしの孫弟子」

そう言って、ケイ先生はコラリーに微笑む。

「先生、コラリーは弟子ではないですよ」

「ならば、弟子にしろ。コラリーそれでよいな？」

「……うん。いい。よろしくヴェルナー」

「わかった。よろしくな」

あっさりとコラリーの弟子入りが決まってしまった。

そして、何事もなかったかのように、ケイ先生は話を続ける。

「ヴェルナー、ロッテ、コラリー。大魔王となる基準について理解したな？」

「はい。選ばれる性質は神のみぞ知る。客観的な基準は強さのみ、ですね？」

俺が答えるとケイ先生は頷いた。

「その通りだ。そして、大魔王はおよそ千年おきに出現している。わしは、千年しか生きておらぬが、万年生きる古竜の方々は知っておる。そうだな、大王」

「はい。大賢者のおっしゃるとおりです。数十年の誤差はありますが、千年おきに出現します」

数万年生きている古竜がいうのだから、そうなのだろう。

「さて、弟子と孫弟子とハティが、前提を理解したところで本題だ」

「聖女が一体何を目的としているか、ですね？」

大王がそう言うと、古竜たちの目が鋭くなった。

「それで大賢者は、聖女の目的をどう推測なされているのですか？」

「わしにも確証はない。それを理解して聞いてほしいのだが……」

「わかっております」

「妹シャンタルの性格から考えた推測に過ぎぬのだが……」

ケイ先生は、推測に過ぎないと強調した後、古竜たちを見回した後、俺の目を見た。

「シャンタルは、次の大魔王に、わしが選ばれると思っておるのだろう」

「先生が？」

「ああ」

「大賢者さまが大魔王になるなど、あり得ません！」

ロッテが力強くそう言うと、ケイ先生は優しい笑みを浮かべてロッテの頭を撫でた。

「ありがとう、可愛いロッテ。だがな。あり得ぬとは言えまい？　ヴェルナー、どう思う？」

ケイ先生は俺を見た。

冷静で客観的な意見を求めているのだ。

「神に好まれる性質は神のみぞ知る」

「そうだ」

「客観的な指標は、強さのみ。……なるほど、先生が選ばれても不思議はないですね」

「その通りだ」

実際にケイ先生が大魔王になるかどうかは、それこそ神のみぞ知ることだ。

だが、シャンタルがそう思ったとしても不思議はない。

「なるほど。腑に落ちました」

だから、シャンタルはロッテにだけ厳しかったのか。

大魔王を倒せるのは勇者だけ。

つまり、大魔王となった場合、ケイ先生を殺せるのはロッテだけだ。

シャンタルにとって、ケイ先生はたった一人の姉なのだ。

ロッテはシャンタルの子孫とはいえ、数十代離れている。

血縁の近さは、ロッテと姉であるケイ先生では比べ物にならない。

「当代にわしより強い者がおるのか？　おらぬだろう？」

地上でもっとも強力な生物である古竜たちに向かってケイ先生は言う。

「そうでしょうな」

その古竜たちの中でもっとも強いはずの大王はあっさりと、ケイ先生の言葉を認めたのだった。

俺は、俺の二人の弟子を見る。

ロッテは不安げな表情で、古竜の長老をぎゅっと抱きしめていた。

コラリーは冷静に見える表情でケイ先生を見つめながら、ハティの口元にご飯を押しつけている。

ハティは呆然(ぼうぜん)とし、押しつけられたご飯がボロボロこぼれるままにしていた。

冷静に見えるコラリーもどうやら動揺しているらしい。

「先生」

「なんだ？　弟子」

「先生が大魔王になるかもしれないと、聖女が考えていたという推測はわかりました」

「うむ」

「恐らく、その推測が当たっている可能性は高いと思いますが」

「回りくどいな。端的に言え」

そう言ったケイ先生は、どこか楽しそうな笑顔だった。

「先生は、聖女の目的を何だと推測していますか？」

「ヴェルナーが推測しているものと大差ないよ」

「そうですか」

俺はケイ先生とシャンタルの関係が実際どのようなものか知らない。

だから、外部から見た浅い推測しかできない。

シャンタルは、前大王を復活させようとしていた。

そして、ユルングを使って、王都を壊滅させようともした。

それが成功すれば、皇国は大きなダメージを受けていただろう。

人族側は大魔王に対抗する力を失ったに違いない。

その点から考えて、大魔王と化したケイ先生を討伐しようとシャンタルは考えていないと思う。

「ですが、先生」

「ん、弟子。言いたいことはわかるぞ」

大魔王と化したケイ先生の手助けをしたいならば、ロッテを殺すはずだ。

実際、シャンタルはロッテに憎しみの籠もった目を向けてはいた。

だが、殺さなかったのだ。

「……愚妹は、一体何をしたかったのだろうな」

宴会場が静まりかえった。

その静けさを破ったのは大王だった。

「ですが、聖女はお亡くなりになりました。大賢者には悲しい出来事でしょうが……」

「いや、よい。自業自得じゃ。愚妹がこれ以上手を汚さぬ前に止めてくれて、ありがとう」

「いえ、とんでもないことです」

大王に礼を言った後、

「みな、本当にありがとう。愚妹が迷惑を掛けた」

ケイ先生は、俺とロッテ、コラリー、そしてハティにも頭を下げた。

「いえ、でも、あの、大賢者さま」

「どうした？　ロッテ。おばあさまと呼んでもよいぞ？」

「そんな、畏れ多い……。あの聖女がお亡くなりになり、前大王も崩御されました。問題は概ね解決したと考えても？」

「かもしれぬな。だが、ロッテ」

「はい」

「安心せず励むがよい」

そう言って、ケイ先生はロッテの頭を撫でる。

まるで初孫ができたおばあちゃんのようだ。

「ロッテ、頼みがある」

「何でしょう?」

「わしが大魔王になったら、そのときは殺してほしい」

「そんなこと……」

「大王、古竜の皆。頼む」

「………」

大王は困った表情でケイ先生を見る。

ケイ先生はにこりと笑うと、俺を見た。

「ヴェルナー。頼むぞ?」

「わかっています。お任せください。先生のことはきっちり殺してみせましょう」

俺だって殺したくない。

だが、ケイ先生が頼むならば、それ相応の理由がある。

大魔王になってしまえば、死んだ方がましだという状況になるのだろう。

「うむ」

満足げにケイ先生は頷いた。

「でも、大賢者さま」

「おばあさまと呼ぶがよい」

ケイ先生はロッテにどうしてもおばあさまと呼ばせたいらしい。

「おばあさま」

「どうした？　可愛いロッテ」

「大魔王になったとしても、おばあさまはおばあさまです」

「ありがとう。だがな、そうではないのだ」

ケイ先生は優しく諭すように言う。

「前代の大魔王である『呪われし大教皇』が高名な魔猿だったと話したな？」

「はい」

「大魔王になるまで、魔猿王は悪名高いわけではなかった。どちらかというと穏健で、人とも話し合いができる魔物だった。そうだな、長老」

ケイ先生はロッテに抱かれた長老に向かって言う。

「大賢者のおっしゃるとおり。大魔王になる前の魔猿王に会ったことがあるが、話のわかる奴だった」

「……魔猿にしては珍しいですね」

魔猿は基本的に凶暴な種族だ。

「うむ。ロッテ。そうなのだ。だが、大魔王になってからは人が、いや猿が変わったようになった。もう別猿だ」

「それは魔猿王だけの現象ではないのですか？」

「よい質問だ。例が一つでは特殊事例の場合もあるゆえな」

ケイ先生はロッテを褒めて微笑んだ。

「代々の魔王や大魔王は、性質、性格、人格が全く別物であるかのように変わっている。そうだな、大王」

「はい。元の性質が極めて凶暴で変化がわからなかった者もおりますが、基本的には激変しています」

「そういうことだ。魔猿王だけの現象ではないと考えるべきであろう」

「そんな」

悲しそうな表情を浮かべるロッテの頭をケイ先生は撫でる。

「恐らくだがな。大魔王は悪しき神の地上での代理者。神の力を肉体に宿すのだ。肉体はただの器にすぎない」

「つまり、人格、いや魔猿の場合、人格と言っていいのかわかりませんが、その人格は消えると考えても?」

「そうだ。ヴェルナー、表面的にはその通りだ」

「おばあさま。表面的には、とはどういう意味でしょう?」

「中がどうなっているか、外からはわからぬ」

つまり、大魔王に元の人格の意識が残っているか誰にもわからない。

そう、ケイ先生は言っているのだ。

残っていた場合、自分の肉体が行う悪行をずっと見せられることになる。

「ロッテ、このおばあさまを救うと思って、その時は頼む」

「わかりました」

「うん、つらい役目を任せることになるかもしれぬ。すまぬな」

ケイ先生は、ロッテのことをぎゅっと抱きしめた。

俺は大魔王となったケイ先生のことを仕留める覚悟はある。

だが、大魔王となったケイ先生を仕留められるのは、恐らくロッテだけだろう。

ケイ先生はしばらくロッテを抱きしめた後、体を離すと、古竜たちに言う。

「さて、現時点での推測は大体話した。他に尋ねたいことがあれば聞くがよい」

すると古竜たちは、次々とケイ先生に質問をぶつけはじめた。

質問はシャンタルに関することだけではない。

魔法技術や魔道具技術についても尋ねている。


そして、質疑応答に入ってから大体一時間後、

「……りゃむ」

「む、ユルングはもう眠そうだな」

「赤ちゃんですから。大王、ユルングを眠らせたいので、私はここで」

会議を中座しようとすると、

「そうか。わしも実は疲れておってな。わしも休ませてもらうぞ」

ケイ先生も立ち上がる。

大王はそんなケイ先生を引き留めようとしたが、

「少し、弟子に話さねばならぬ事もあるゆえな」

意味深な表情でそう言った。

「ハティも主さまに」

「それには及ばぬよ」

ケイ先生はじっとハティを見つめた。

「ロッテとコラリーもしばらく楽しんでいくがよい」

「は、はい」

「…………ん」

ロッテとコラリーは素直に従う。

ケイ先生の、付いてくるなという言外のメッセージが伝わったのだろう。

大王もそのメッセージを理解して引き留めることはなかった。


宴会場を出て、俺とケイ先生は昨日泊めてもらった客室へと歩いていく。

「先生。もしかして、俺の弟子の前では言えないことですか？」

「そうだな」

「……なにか叱られることとしましたっけ？」

弟子の前では言えないこと。

つまり、めちゃくちゃ叱られるということ。

弟子の前で叱られたら、師匠としての威厳がなくなってしまう。

それにロッテとコラリーとしても師匠が頭ごなしに叱られる姿など見たくなかろう。

とても、気まずくなるし、できれば勘弁してもらいたいものだ。

「配慮はありがたいですけど」

「なにを言っているのかわからんが……」

そんなことを話している間に、客室に到着した。

中に入ると、ケイ先生はベッドに飛び込んだ。

「先生。靴ぐらい脱いでください」

「脱がしてくれ」

「仕方ないですね」

俺は眠っているユルングをケイ先生の近くにおいて靴を脱がせた。

「ありがと」

「いいえ」

靴を脱がし終わると、ケイ先生が言う。

「年だから腰が痛い、マッサージしてくれ」

「……仕方ないですね」

俺はケイ先生の腰辺りをマッサージする。

昔からやっているので、慣れたものである。

「で、俺の弟子たちとハティに聞かせたくないことってなんですか?」

「何だと思う?」

「相変わらず、面倒臭いですね」

うつ伏せのまま、ケイ先生は寝ているユルングを撫でている。

「普通に考えたら、めちゃくちゃ叱られると思ってましたが」

「……ああ、もちろん叱るネタは山ほどあるが……、そこそこ」

「はいはい」

「可愛いロッテのことだ。……もう少し強くてよいぞ」

「はいはい。ロッテとなると勇者の件ですね」

ロッテが勇者であることは、ケイ先生の他には俺と大王しか知らないことだ。

「うむ。……まだ足りぬ、痛い痛い」

「まだ足りぬっていうから」

力を入れたのに、痛いという。

「違う。ロッテのことだ」

「なんだそっちか」

「相当腕を上げている。だが、まだ、わしには届かぬ」

「それはそうでしょうね」

「わしは、可愛いロッテを殺したくはない」

その気持ちはよくわかる。

「………だからもっと鍛えなければならぬ。頼めるか？」

「もちろん。ロッテは弟子ですから。ですが」

「わしがなぜ鍛えないのか？　であろ？」

「はい。その方が絶対強くなるのが早いでしょう？」

俺は弟子を育てた経験が乏しいのだ。

「わしが鍛えたら、ロッテの戦い方が、癖(くせ)がわかってしまう。わかってしまえば……」

「なるほど。わかりました」

経験豊富なケイ先生ならば、その癖を利用して有利に戦いを進めることができるだろう。

「だから、わしは……ロッテの訓練も見ない。そうしなければ、ロッテの勝ち目が薄くなる」

「そっか」

「うむ……そこそこ。ヴェルナー腕を上げたな」

「練習しているわけじゃないんですけどね。……ところで、どのくらいあるんです？」

「わしが大魔王になる確率か？」

「そうです。まあ一番強いのは先生だとしても、先生が神の眼鏡(めがね)にかなうとは限らないわけですし」

「まあ、……そうだとよかったのだが」

「含みがありますね」

ケイ先生は起き上がる。

「ヴェルナー、楽になったぞ」

「ならよかった」

「お返しにマッサージしてやろう。横になれ」

「いいんですか？　ありがたいですけど」

俺はベッドに横になる。

すると、ケイ先生は腰を両手で揉んでくれた。

「どうだ？」

体重が軽いので、揉む力が弱く感じた。

「先生は体重が軽いのでいっそのこと乗ってください」

「仕方ないな」

ケイ先生は俺の腰の辺りに立って足踏みしはじめた。

体幹が鍛えられているからか、ふらつくことなく、しっかりと足踏みしてくれる。

「踏んでもらって気付いたんですが」

「なにだ？」

「もしかして、相当やばい状況ですか？」

一瞬足踏みが止まる。

「……なぜ気付いた？」

ケイ先生の声はこれまで聞いたことがないほど低かった。

俺は腰を踏まれながら言う。

「体重が軽いからです」

「それだけか？」

「あと、気配と魔力の雰囲気」

「ふむ。弟子。考えたことを言ってみろ。聞いてやる」

こういうとき、ケイ先生に対しては回りくどく話さない方がいい。

「先生。その体は本体じゃないでしょう？」

「ふむ」

「恐らく本体は……どこかで封じられているのでは？」

「続けよ」

「封じた理由は、大魔王になってしまったから、いや、なりかけているからとかでは？」

「なるほど。鋭いではないか。まあ、正しい」

ケイ先生は俺の腰をフミフミしながらそう言った。

「登場したときから、怪しいとは思っていたんですよ。こんな極寒で標高の高い場所に、中に入れる確証もないのに本体が来るわけないですし」

「それは違う。わしは、どんなとこにだろうと、必要があれば行く」

「本当ですか？」

「当たり前だ。……ただ、どことは言わぬが各地に擬体を用意してはある」

「擬体？　はじめてきく言葉ですけど」

「この仮の肉体のことだ。本当の体に擬して作ってある」

「どういう仕組みで作られているのか気になるんですけど。そんな技術ありました？」

魔道具とは思えない。

「あったよ。教えていないし、わし自身忘れていたがな」

「忘れていたと。つまり最近作ったんですね？」

「わしが学院を去って、温泉療養に向かってからだな」

つまり俺が学院を追放された後に作ったということだ。

俺が遠距離用通話装置、結界発生装置、パン焼き魔道具を開発している間に、先生は擬体を作っていたらしい。

「ヴェルナーでも、擬体はそう簡単には作れまい」

「正直、見て触れているのに、作り方がわかりませんよ」

「そうであろう。魔道具の知識だけでは足りぬからな。……魔道具に神の奇跡を混ぜている」

新しく開発した魔道具について説明する際、ケイ先生はいつも自慢げだった。

だが、今回は、自慢げなところがなく、どこか悲しそうな声音だ。

「なるほど。最近敵が使っている技術ですね」

ユルングを操っていた魔道具にも、神の奇跡が使われていた。

前大王を封じていた結界にも、神の奇跡が使われていた。

「魔道具に神の奇跡を混ぜる方法はわしとシャンタルの二人で研究していたのだ……数百年前の話だがな」

大賢者であるケイ先生は魔道具作りの専門家で、聖女シャンタルは神の奇跡の専門家だ。

二人が組めば色々できるだろう。

「もう、五百年、いや四百年前か。シャンタルとは喧嘩別れしてな。それからは会っていない」

「なるほど。ちなみに喧嘩の原因は？」

「些細なことだったと思うよ。今ではよく覚えていない」

「そうですか」

四百年前から、二人はそれぞれ独自に開発を続けたのだろう。

だが、根元の技術は共通だ。

「だから、敵の魔道具を先生の系譜だと俺は感じたんですね」

「そうだな。シャンタルの技術とわしの技術は同根だ」

「なら、先生は、聖女が黒幕だって気付いていたんじゃないんですか？」

「可能性は常に頭にあった。だが、シャンタルは……そんなに悪い奴じゃないんだ」

「………」

「いや、悪い奴じゃなかったんだ」

ケイ先生は悲しそうに言う。

喧嘩別れしたとはいえ、シャンタルはケイ先生のたった一人の妹なのだ。

「わしの……読みが甘かった。もっとあらゆる可能性を考えて考えて考えるべきだった」

ロッテに対する態度を見るに、ケイ先生は肉親に対する愛情が深い。

だからこそ、シャンタルのことを疑いたくなかったのだろう。

「色々なヒントはあった。だが、気付けなかった。いや気付きたくなかったのだ」

「そうですか」

妹なら信じたいと思っても仕方ないですよ。

人間、そういうときもありますよ。

他にも色んな慰めの言葉を思いついたが、どれも口にはできなかった。

弟子に慰められても、ケイ先生は嬉しくはあるまい。

「そなたにあれほど、考えろと言いながらこの体たらくだ」

ケイ先生は自嘲気味に笑う。

「もっと早く動けと、罵られても仕方ない……すまぬ。ユルングにも迷惑を掛けた」

「……ゅ」

ユルングは俺の鼻先で気持ち良さそうに眠っていた。

「先生。学院を辞めた後に擬体をつくったということは、あの時点でもう大魔王になりかけていたんですか？」

「そうだな。なりかけていた」

ケイ先生は俺の腰から下りると、ベッドに座る。

そして、ユルングを優しく抱き上げた。

「そんな気配は感じませんでしたが」

「声がきこえるのだ。邪神の声がな」

「大魔王になれと？」

「いや、お前は大魔王だと」

「ふむ。同じく神の代理人である勇者はそんな声を聞いていないようですが」

「神の方針の違いであろうな」

邪神と、勇者の神は違う神だから、振る舞いも違うのかもしれない。

「過去の大魔王がそのような声が聞いたという記録はあるんですか？」

「そういう史料もある。最新の大魔王である魔猿が神の声を聞いたのかはわからぬが」

「ふむ。つまり神の声が聞こえたから、擬体を用意し本体は封印の中に入ったと」

「そういうことだな」

「それで、その封印は当てになるのです？」

「今のところは。神の声は届かなくなった」

「なるほど。それならひとまず安心でしょうか」

「だといいがな」

俺も起き上がってベッドに腰掛けた。

「で、先生、どうやったんです？」

「なにをだ？」

「本体と擬体を繋げる方法です。本体が今は神の声を聞いていないことを知っているということは、その擬体は本体と繋がっているんでしょう？」

「ヴェルナーにはわからんよ」

そう言ってにこりと笑う。

「俺には、わからないってことは、神の奇跡ですか？」

「……それには気付くか」

「そりゃ気付くでしょう？」

「まあ、その通り。神の奇跡を使って、本体とこの体を繋げておる」

遠距離通話用魔道具を作った際、俺は二つに割った魔石の特殊な性質を利用した。

そのような工夫もなしに、神の奇跡で結界の内と外を繋げられるとは。

「ふむ？　邪神とは異なる神の奇跡だから、邪神は干渉できないと？」

「結界に小さな穴を開け、大魔王を産み出す邪神とは異なる神の奇跡を使って、その穴を埋めるのだ」

「そのとおりだ」

確かに、神の奇跡は、神の数だけある。

そして、互いに干渉しにくいという特性があるのだろう。

「神の奇跡って、便利すぎませんか？」

「そりゃあ、便利だ。結界の外と内を繋げることもできるし、損傷した肉体を治すこともできる」

「魔道具より神の奇跡を研究した方がよくないですか？」

「そういう考えもできる」

ケイ先生はユルングを俺に手渡すと、ベッドから立ち上がった。

「だがな。ヴェルナー。これだけは肝に銘じよ」

「はい」

「神は、人にとって都合のいい存在ではない」

「そりゃ、そうでしょうが……」

実際、千年前は邪神によって産み出された大魔王に人類は滅ぼされかけた。

そのうえ、今は邪神により、ケイ先生は大魔王にされかけている。

神が人にとって都合のいい存在のわけがない。

「ヴェルナー。そうではない。いやそういう面もあるが、そういうことが言いたいのではない」

「では、どういうことです？」

「邪神だけでなく、聖神も都合のいい存在ではない」

「それは、……もちろん畏れ多いからとかそう言う意味ではないですよね？」

「当然だ」

ケイ先生は俺の頭を撫で始めた。

「よいか。ヴェルナー。神は、自然でもなく、科学でもない。つまり？」

「…………再現性がないってことですか？」

「その通りだ。もちろん、神と人の流れる時間は違う。千年、二千年、ひょっとしたら万年、同じ結果が出ることもあるだろう」

「だが、ある日突然、そうじゃない結果が出る可能性もあると」

「そうだ。神の奇跡を用いた神具は、いつ使えなくなるかわからん」

「なるほど、そういう危険については考えていませんでした」

神には意志も意思もある。

人族には理解できなくとも、神は神の理屈で動いているのだ。

神の気が変われば、昨日まで使えていた神の奇跡が使えなくなることだってあるだろう。

「使えなくなるだけならいいんだがな。人を癒やす神具が、人を傷付ける神具に変化する可能性だってある」

「それは……そうですね」

神の正義と人の正義は違うのだ。

聖神と呼ばれている神だって、本当に人類を慈しんでいるかはわからない。

例え慈しんでいたとしても、それが人族の価値観で理解可能な慈しみ方だとは限らない。

人を癒やす奇跡を、人を病にする奇跡に変える可能性だってあるだろう。

人を減らそうと思う神が、人を憎んでいるとも限らない。

小麦農家は小麦を愛し、保護しているが、小麦を間引きするものだ。

「だから、人族は、人族の誇りと自立のために、神の奇跡ではなく魔道具に頼るべきだ。そう思っている」

「なるほど。……もしかして」

「ん？」

「いえ」

もしかして、ケイ先生とシャンタルが数百年前に袂を分かったのは、その辺りの考え方の違いにあるのではないか。

そんな気がした。

「でも、先生。神の奇跡を使っていますよね」

「使えるものはなんでも使う。明日使えなくなるかもしれぬが、一万年使えるかもしれぬからな」

「まあ、そうですね」

「敢えて神の奇跡を使った新技術を開発しようとは思わぬし、弟子に教えようとも思わぬが、使えるものは使う」

それはケイ先生らしいスタンスだと思う。

そう考えて、ふと気付く。

「擬体の技術は聖女と開発したんですよね」

「そう言っただろう？　それがどうした？」

「いえ、俺たちが倒したあの聖女は、本物だったのか、擬体だったのか」

「ふむ」

擬体と本体は見た目で区別することは難しい。

見ただけでは俺も大王たち古竜も、ケイ先生が擬体だと気付かなかった。

「殺した後、聖女はすぐに灰になったのですが、それは擬体の特徴だったりしませんかね？」

「……この擬体は死んでも灰にはならぬ。普通の遺体と同じように腐っていくだろうな」

「そうですか。じゃあ、聖女は擬体じゃなかったのかな」

「そうとは言い切れぬ。むしろ擬体である可能性が高い」

「どうしてそう思ったんですか？」

「数百年前の技術で作った擬体は灰にならぬが、その後、シャンタルが技術を向上していないとは限らぬだろう」

数百年あれば、技術革新がいくつか起こっていてもおかしくはない。

ここで大切なのは、俺たちが倒したシャンタルが、擬体かどうかではない。

重要なのはシャンタルが生きているのかどうか、だ。

「まだ聖女が生きている可能性があると、先生は思いますか？」

「可能性はあるだろう、……だが」

ケイ先生は真剣な表情で考えているので、俺は黙って続きを待った。

「とっくに死んでいる可能性も低くないと思っている」

「死後、擬体だけ動いていたと？」

「そうだ。そして技術的にそれは可能だ」

つまりシャンタルの生死は不明ということだ。

死んでいるならばそれでいい。

だが、生きているならば、再び襲撃される可能性がある。

「ロッテの護衛をもう少し増やした方がいいか」

シャンタルが何かするとしたら、ロッテに対しての可能性が高い。

「それよりも、ロッテを鍛えてやってくれ。わしにはできぬから頼んだぞ」

「わかりました。ところで、先生の本体はどこに？」

「……ふむ」

「聞くべきではないならば、聞きませんが」

機密は知る者が少ない方が漏洩しない。

だから、誰に教えるかは慎重になるべきなのだ。

「………ふむ。そうだな。ヴェルナーになら教えてもよかろう」

しばらく考えてからケイ先生はそう言った。

「いざというとき、ヴェルナーには対応してもらわねばならぬしな」

知らなければ対応できないというのも事実だ。

「わしの本体は……そなたの実家の近くにある」

「シュトライト辺境伯領ですか？」

「うむ。まさか帝国に封じるわけにもいかぬし」

「それはそうでしょう」

シャンタルは帝国に対して大きな影響力を持っている。

帝国にケイ先生の本体が封じられていれば、何かあったとき、対応が難しくなる。

「かといって、ラメット王国は頼りない」

ロッテの故郷、ラメット王国は小国なのだ。

それに、シャンタルはラメット王国の建国母でもある。

シャンタルの影響力はとても大きい。

「となると、ラインフェルデン皇国になるわけだが……」

「まあ、王都周辺は選びにくいですよね」

人口密集地に近ければ何かあったときの被害が大きくなる。

「もちろん、辺境伯領の領民の被害を軽視しているわけではないのだが」

「わかっていますよ」

辺境伯領の位置は、皇国の端。帝国との国境沿いだ。

領民の数は多いが、王都ほどではない。

それに強力な軍事力を持ち、帝国も手を出しにくい。

「すまぬな」

「ちなみに、辺境伯領のどの辺りでしょう？」

「ええっと」

ケイ先生はポケットから折りたたまれた小さな紙を取り出した。

それを広げると、たちまち巨大な地図になる。

「どういう原理……あ、魔法の鞄（マジック・バッグ）の機能を折りたたんで？」

「一目で見抜くか。やるではないか」

ケイ先生に頭を撫でられた。

「魔法の鞄は俺が開発した魔道具ですし……、でも折りたたんだ紙に応用する発想はなかったな」

「ふふ。励め」

どや顔でケイ先生は胸を張る。

「それでっと、まあこの辺りだ」

ケイ先生は大きな地図の一点を指さした。

「ほう。辺境伯家の本城に近いですね」

「うむ。帝国もここならば、容易には手を出せまい」

「そうですね。ちなみに父上は？」

「もちろんご存じだ。さすがに辺境伯に無断でこのようなことはしない」

父が知っているならば、俺が言うことは何もない。

「さて、ヴェルナー。何か聞きたいことはあるか？」

「ええっと、とりあえず大丈夫です」

「わかった」

そう言うと、ケイ先生は立ち上がって歩き出す。

「先生、どこに？」

「ん？　抱っこして眠ってほしかったか？」

「変な冗談はやめてください」

「ふふ。大王にも説明せねばならぬからな」

ケイ先生は扉に手を掛けながら、こちらを振り返った。

「ヴェルナー。そなたの持つ情報は、そなたが教えるべきだと思った者に、教えるべきだと思ったタイミングで教えるがよい」

「難しいことを言いますね」

「なに、そのぐらい我が弟子ならばこなせるであろう。そなたは当代における我が唯一の弟子なのだ」

「光栄だといえばいいんでしょうか」

「もちろんだ」

「あ、先生、ロッテが勇者であることは大王はお気づきです」

「そうか。さすがは大王だ。ラメットと一緒に戦っただけのことはある」

ケイ先生は寝ているユルングの頭を撫でる。

「ん、よく眠るのだぞ」

そして背伸びして、俺の頭も撫でた。

「では、行ってくる。ヴェルナーも眠るがよい」

笑顔でそう言うと、ケイ先生は部屋を出ていった。

第四章　古竜の宝物庫

俺はベッドに横になり、ユルングをお腹の上で抱いて考える。

シャンタルの生死は不明。残党の勢力も不明。

ケイ先生は大魔王になりかけていたが、とりあえずは封印のおかげで無事。

「うーん。俺にできることは……ロッテを鍛えることぐらいか？」

情報収集は専門家に任せるしかない。

そんなことを考えていると、部屋の扉が開かれる。

「……主さま、お話は終わったのかや？」

小さなハティが扉から顔だけ出して、こちらを窺う。

「終わったよ。もしかして、話が終わるのを待っていてくれたのか？　すまない」

「いいのじゃ！　みんな、終わったのじゃ」

ハティの言葉で、ロッテとコラリーが部屋の中に入ってきた。

コラリーは部屋の中に入る際に、ハティのことを抱っこした。

「ロッテ、コラリー、お腹はいっぱいか？」

「はい。おかげさまで」

「……うん。食べ過ぎた」

いっぱい食べたおかげか、コラリーは眠そうだった。

「コラリー、眠っていいよ」

「……うん」

コラリーはハティを抱いたまま、俺の隣に横になる。

俺はベッドから立ち上がって分厚いカーテンが掛かっている窓へと歩いていく。

「いまの時刻はどのくらいだろう？」

カーテンを開けて、外を見ると真っ暗だ。

灯を外に向けると、猛吹雪だった。

「もう日は沈んだか」

「もう寝ていい時刻なのじゃ」

コラリーに抱っこされたハティが言う。

湖底から古竜の王宮に朝帰ってきて、昼過ぎに起きた。

それから、風呂に入り、葬儀に参列し、宴会に参加し会議もした。

そして、ケイ先生と久しぶりに二人で話した。

「思ったより、時は過ぎていないみたいだな」

日は沈んでいるとはいえ、今は冬。

日が沈むのは早い。まだ眠る時間ではない気がする。

だが、子供たちは眠たいならば、眠るべきだ。

「ハティも寝ていいよ」

「ハティはまだ眠くないのじゃ」

そう答えたハティをコラリーはぎゅっと抱きしめる。

「……一緒に寝よ」

「わかったのじゃ、コラリーは甘えん坊なのじゃなぁ」

ハティはまんざらでもなさそうだ。

コラリーに抱っこされたままハティは俺の方を見る。

「……主さまのお師匠さまと何を話したのじゃ？」

「色々だよ。技術的な話とか、俺の実家の話とか」

「そうなのかや～」

「あと、ロッテを鍛える話とかだな」

ベッド、それもコラリーの近くに腰掛けたロッテが首をかしげた。

「私ですか？」

「ああ、以前から先生はロッテを鍛えるようにずっと言ってきていたし」

ロッテは真剣な表情だ。

先ほど宴会場で、ロッテはケイ先生から、もしものときは殺してくれと頼まれている。

「おばあさまがどうあれ、私はもっと強くならなくては、ですよね」

「そうだな。先生が大魔王になるにしろ、ならぬにしろ、強い方が採れる選択肢が増える」

俺は「大魔王になった後、殺すにしろ殺さないしろ」とは言えなかった。

「……ロッテは強い」

「ありがとう、コラリー」

ロッテは横たわっているコラリーの足に触れた。

そして、ロッテは立ち上がって、俺の方へと歩いてくる。

「お師さま、鍛えてください」

「ああ、わかっている。これからは訓練回数を増やした方がいいな」

「お疲れかもしれませんが、今からお願いできませんか？」

ロッテの目はやる気に満ちあふれていた。

「今からか？　俺は疲れていないが、ロッテは疲れていないのか？」

本当のことを言うと、俺も疲れている。

シャンタルと前大王との戦闘が終わってから睡眠をとったし、腕の骨折は治してもらった。

だが、疲れていないと言ったら嘘(うそ)になる。

「私は疲れていません！　でも、お師さまがお疲れなら……」

「俺は大丈夫だよ」

弟子の前で「疲れた」とか言いにくい。

ケイ先生は、俺の前でよく疲れた、明日にしろと、言っていたが俺は違うのだ。

「だが、訓練する場所が、あるかどうか」

ここは古竜の王宮なのだ。

訓練できる場所自体はあるだろうが、許可を取らねばならない。

「大王は……いま先生が話しにいっているから、侍従に言えば……」

こういう簡単な許可は、大王に直接言わなくても侍従に言えばいい。

古竜の王宮はいざしらず、人族の王宮ではそうだった。

「大丈夫です。大王から許可をいただきました」

「ほう、準備がいいな」

俺とケイ先生が去った後、ロッテは宴会場で大王に許可を取ったらしい。

「いつでも使っていいと、大王はおっしゃってくださいました」

「そうなのじゃ。王宮には古竜の子供が使う訓練場があるのじゃ」

「子供用なのか？」

「大きくなった古竜は、そもそも訓練などしないのじゃ」

「そりゃそうか」

古竜の成竜が暴(あば)れたら地形が変わってしまうだろう。

当然、室内で暴れるわけにはいかないし、外でも暴れるのは余程のことだ。

力が強すぎて、軽々しく、訓練もできない。

「そうじゃ！　ハティが案内するのじゃ」

「……私も行く」

コラリーがハティを抱っこしたまま、ベッドから起き上がる。

「コラリーは寝てていいぞ。眠いだろう」

「……横になったら目が冴えた」

「そっか、無理はするなよ」

「……うん」


俺たちはハティに案内されて古竜の子供用訓練場へと歩いていく。

それなりの声量で会話しているのに、ユルングは俺にしがみついたまま眠っていた。

「訓練場はこっちにあるのじゃ」

ハティが向かうのは玉座とも宴会場とも違う方向だ。

「やはり、古竜の王宮は広いな」

「うむ。みんな体がでかいゆえ、広くなるのじゃ！」

歩いていると途中、向こうから歩いてくる大王とケイ先生に出会った。

大王は宴会場で別れたときと同様、小さな姿だ。

「おや？　どちらに？」

「ロッテの訓練に行くのじゃ！」

ハティが元気に答える。

「おお、もう訓練とは。努力家ですな。さすがは大賢者のお血筋ですな」

「いやいや、ロッテが特別偉いのだ。ラメット王家の血筋にもクズはそれなりにおる」

ケイ先生はロッテの頭を優しく撫でた。

「大王、訓練場の使用許可をいただいたとのこと、ありがとうございます」

「うむ。存分に使ってくれ。今、子供の古竜といえば、ハティとユルングしかおらぬゆえ誰も使わぬのだ」

「ハティは大人の古竜なのじゃ！」

「そうじゃなぁ。そろそろ、ハティには訓練場は狭くなるかもしれぬな」

そう言って、大王は尻尾を揺らす。

「大王。わしの可愛い孫にいい装備をわけてくれぬか？　古竜の宝物庫にいいのがあるだろう？」

突然思いついたと言った様子で、ケイ先生はそんなことを言った。

大王はロッテを見て、頷く。

「それはいい。では宝物庫に王女殿下にふさわしい武器を探しに――」

「いえ、そんな！　大切な宝物を私が受け取るわけには――」

固辞しようとするロッテに、大王は優しく微笑む。

「よいのだ。王女殿下は朕とユルングの母を救ってくださった。古竜は受けた恩は返さねばならないのだ」

「そうなのじゃ。古竜は義理堅いのじゃ」

ハティがうんうんと頷きながら尻尾を振っている。

ハティも俺に助けてもらったからと、一生仕えるといって、実際に従者になったのだ。

「ですが……」

「大王として、恩しらずになるわけにはいかぬ」

「いえ、それでも、大切な宝を――」

「もちろん武器を分けた程度で恩を返せたとは思わぬが……」

困った様子で大王は俺を見た。

「ロッテ、ありがたく受け取っておきなさい」

「お師さま」

「古竜の皆さんは義理堅い。恩返しとしてくださるならありがたくいただきなさい」

「主さまの言うとおりなのじゃ。受け取って貰えねば父ちゃんもハティも困ってしまう」

「わかりました。ありがとうございます」

そこまで言われてやっとロッテは武器を受け取ることにしたようだ。

「もちろん、ヴェルナー卿とコラリー殿も気に入った武器があれば持っていってほしい」

「うむうむ。主さまとコラリーも恩人ゆえな！」

「……私は役立たずだった」

コラリーは前大王との戦闘の前に気絶してしまった。

それを気にしているのだろう。

「そんなことないぞ、コラリー殿」

「うむうむ。そうなのじゃ。コラリーの加勢があったから聖女を倒すのが楽になったのじゃ。結果的に余力を持って叔母上と戦えたのじゃぞ。な、主さま?」

「そうだな、コラリー。役立たずではなかったぞ」

「……うん」

コラリーはまだ納得していなそうな表情だった。

「さて、大王。わしは先に行っているぞ」

「はい、わかりました」

「孫弟子たちのことを頼む」

そう言って、ケイ先生は歩いて去っていこうとする。

「先生はロッテの武器を見ていかないのですか?」

「うむ。まだやることがあるのだ」

まだ、ケイ先生と大王の会談は終わっていないのかもしれなかった。

そして、どの武器をロッテが手に入れるかを自分は知らない方がよいとケイ先生は思っているのだろう。

「ヴェルナー。孫弟子たちを頼む」

「わかりました」

ケイ先生はにこりと微笑むと歩いて行った。

「さて宝物庫に行こうではないか。付いてくるがよい」

パタパタ飛んで行く大王の後ろから俺たちはついていく。

「ロッテは……やっぱり剣がいいのかや？」

ハティが嬉しそうに尋ねる。

「そうですね、小さい頃から習っていたのは剣ですが……」

「コラリーはどんな武器がいいのじゃ？」

「……私はあまり武器は使わない」

「たしか、コラリーは主さまと最初に戦ったときも魔法を使っていたのじゃ」

「……そう。素手の方が怪しまれない」

コラリーは元暗殺者なのだ。

暗殺者が目立つ武器を持つわけがない。

そして、隠し武器を持って要人に近づいたとしても、見つかったら即座に捕まる。

ならば、武器を持たず魔法だけを使うというのが最適解なのだろう。

「コラリーは魔導師だからね」

「……そう」

「だが魔導師でも、武器はあった方がいいかな」

「……そう？」

「ああ、俺も剣を使うし」

その剣は、ロッテが前大王のとどめを刺すのに使われた。

暗殺ならば、一撃離脱が基本だが、通常戦闘はそうではない。


そのとき、大王が移動を止める。

「会話の途中だが、宝物庫に到着したぞ」

そこには金属でも石でも、もちろん木でもない大きな扉があった。

大王は扉に左手を触れて、右手を複雑な形で素早く動かした。

すると扉がゆっくりと開いていく。

「付いてくるがよい」

そして大王は宝物庫の中へと入っていく。

俺たちはゆっくりとその後ろを付いていった。

「王女殿下、コラリー殿、気になった武器があれば言ってほしい」

「ありがとうございます」

「……うん。ありがとう」

「ヴェルナー卿も遠慮なさらずに」

「ありがとうございます」

宝物庫の中には金貨や宝石がなかった。

代わりに何に使うのかわからない祭具のような物が並んでいる。

そのほとんどが巨大で、人族には簡単には扱えないだろう。

「人族でも扱えそうな武器は……このあたりになる」

宝物庫の中を飛んで移動していた大王が止まる。

「どれでも手に取って、馴染む物があったら持っていってほしい」

剣や槍、斧、弓などが並んでいた。

どの武器にも鞘はなく、抜き身で並んでいる。

ほとんどの武器には柄や鍔に豪華な装飾が施されていた。

「失礼します」

ロッテは大王に断って、並んでいる剣の一つを手に取った。

その剣は装飾がない。そこらの店で売られていても目立たないだろう。

「真っ先に、それを手に取るか。ふむ。馴染むか振ってみるがよい」

「はい」

数度ロッテは剣を振る。

数日前より、剣の振りが速くなっていた。

シャンタルと前大王との戦いを経て、ロッテは成長したらしい。

「どうだ？」

「馴染みます」

「では、それにするか？」

「よいのですか？」

「もちろんだ。その剣の鞘は……おお、これだ」

小さな体の大王は両手で鞘を持ってパタパタ飛んで戻ってくる。

その鞘を見て、ロッテは目を見開いた。

「これは……」

「そう。そなたの家の紋章だ」

「まさか」

「そのまさかだ。千年前の勇者ラメットの剣だ」

「ですが……建国王の剣は実家の宝物庫の方に……」

「それは国王になってから愛用していた剣であろう。王女殿下、その剣をよく見るがよい」

ロッテはラメットの剣を改めて観察する。

「シンプルで何も書かれていません」

「ラメットが自分の、いや王国の紋章を作ったのは建国後だ」

「あ、そうですね。建国王の剣にはラメット王国の紋章が刻まれていました」

建国前、大魔王や前大王と戦っていた時代の剣には紋章がないということなのだろう。

「人族の間では聖剣の伝承があるという。実際にはそのような物があると聞いたことはないが……。もし仮に聖剣と呼ばれるべき剣があるならば、この剣であろう。実際に大魔王を倒したのはこの剣なのだから」

「……これが大魔王を倒した剣」

「ちなみにだが、その鞘は古竜の工芸を趣味としている者が製作したものだ」

そして大王は昔を思い出すかのように遠い目をした。

「建国後、三年ぐらい経ったときだったか。聖女と一緒に遊びに来てくれたのだ」

「そのときに剣を？」

「ああ、友情の証にと。ラメットはこうも言っていた」

大王は、パタパタ浮かんだまま、ロッテの持つラメットの剣にそっと触れる。

「『この剣はドワーフの名工が作り、大賢者が魔法を掛け、聖女が祝福を施した強力無比の剣だ』と。だからこそ古竜に預けたのだろう」

「そ、そのような大事な物、私が受け取っていいのでしょうか？」

「もちろんよい。むしろそなたに渡すために千年、古竜が預かっていたのだ」

大王は俺をじっと見つめてから、ロッテを見る。

この場で、ロッテが勇者だと知っているのは俺と大王だけだ。

恐らくラメットは次代の勇者に受け渡すために、古竜に預けたのだろう。

大魔王はおよそ千年ごとに出現する。

そして、人の世にとって千年は長い。

国ですら千年続くことは、滅多にない。

大陸で覇を競っている我が国ラインフェルデン皇国も、ガラテア帝国も建国から千年経っていない。

大陸最古の国家が千年前にできたラメット王国なのだ。

「勇者ラメットは自分の建国した国が千年後に滅んでいる可能性も考えていたのでしょうね」

「ああ、ヴェルナー卿のおっしゃるとおりだ」

千年は人の世には長いが、古竜の世では長くない。

千年あれば人の王は四、五十回代替わりするが、古竜は千年前に即位した大王が未だ(いま)に王の座にいる。

後世に確実に伝えたいならば、古竜に頼むのが確実だ。

「しかし、本当に私が受け取っても……」

勇者の自覚がないロッテが戸惑っている。

「ロッテ、受け取っておきなさい」

「お師さま」

「大魔王が出現しなければよし。あとで返しに来ればよい。大魔王が出現したら、確実に役に立つ」

ロッテは俺を見て頷いた。

きっと、ケイ先生にもしものときは頼むと言われた言葉を思い出したのだろう。

「わかりました。確かにお預かりいたします」

「うむ。王女殿下は沢山(たくさん)の武器の中から、ラメットの剣を真っ先に手に取った。勇者ラメットのお導きとしか思えぬ」

「そうでしょうか」

どこかロッテは照れたような、複雑な表情を浮かべている。

ただの偶然だという思いと、尊敬する先祖に認められたのかもという嬉しさが混じっているのだろう。

「大魔王が出現せずその剣が役に立たぬのが一番ではあるが……。役に立てられる時が来たら、世界を頼む」

「はい」

やる気のロッテを見て俺は少し不安になった。

ラメットの剣はケイ先生が魔法を掛けて強化したという。

つまりケイ先生はラメットの剣を熟知しているのだ。

ケイ先生が大魔王となったとき、それが仇になる気がしてならなかった。

「ロッテ、それに大王」

「はい」「どうした？」

「その剣、私に預けて頂けませんか？」

「もちろん構いませんが……」

「ヴェルナー卿、その剣に何かあるのか？」

「私自身の手で強化しておきたいと思いまして」

ケイ先生が強化したときと同じでは駄目だ。

「なるほど、それがよかろうな」

大王は俺の言いたいことを理解してくれたらしい。

「加えて付与魔法が得意な古竜の方を紹介して頂けませんか?」

魔道具だけでなく、俺の魔法はケイ先生の体系に属する。

俺がいじったところで、ケイ先生はさほど苦労しないで解析してみせるだろう。

「そうだな、すぐに紹介しよう」

「ありがとうございます」

俺と古竜の専門家が力を合わせれば、ケイ先生にも通じる剣になるかもしれない。

「ありがとうございます、お師さま」

「礼には及ばないよ。礼なら大王に」

「朕にも礼は不要だ」

「それでも、ありがとうございます」

そう言って、ロッテは深々と頭を下げた。

「りゃ〜〜〜」

そのとき、ユルングが起きて、大きく伸びをした。

「りゃ?」

「おはよう、ユルング。今は宝物庫に来ているんだよ」

俺はお腹に抱きついているユルングを優しく撫でた。

「りゃ〜」

ユルングは大王を見つけると、

「りゃ」

嬉しそうに手を伸ばす。

「ユルング、可愛いな」

大王はユルングのことを優しく撫でる。

「りゃ！」

大王に撫でられて満足すると、今度はロッテに向かってユルングは手を伸ばした。

撫でろと要求しているのだろう。

とりあえず、全員に撫でてもらおうと考えているらしかった。

「ユルング、おはよう」

「りゃ～」

ロッテにも撫でてもらい、満足したユルングはキョロキョロ周囲を見回し始めた。

「りゃ？　りゃ～？」

どうやら、ユルングはコラリーとハティにも撫でてもらいたいらしい。

「そういえば、コラリーとハティはどこいったんだ？」

「りゃ」

コラリーとハティの姿は見えなかった。

「コラリー、ハティ、どこだ？」

「む？　どうかしたかや？」

宝物庫の奥の方、けっこう遠くから声がした。

古竜の宝物庫は広大で、色々な物が置いてあるので、見渡せないのだ。

どうやら、俺たちがラメットの剣を囲んで話し合っている間、コラリーとハティは宝物庫を見てまわっていたらしい。

「いや、特に用はないんだが、姿が見えなくて心配しただけだ」

「すぐ戻るのじゃ」

そう言って、ハティとコラリーが一緒に戻ってきた。

ハティは小さな体に腕輪型の魔道具を二つくっつけている。

一つは小さな尻尾に嵌めて、もう一つは頭に乗せていた。

「お待たせしたのじゃ！　お、ロッテ、いい剣をみつけたのじゃな！」

「はい。おかげさまで」

「りゃあ～」

ユルングはハティがくっつけている物に興味津々だ。

足で俺の服のお腹辺りを掴んで、両手をハティの方に伸ばしている。

「ハティ、それは？」

「これかや？　これはコラリーが使えそうな物を見繕ったのじゃ」

「……私は別にいいのに」

遠慮がちにコラリーが言う。

そんなコラリーに大王が諭すように言う。

「よくはないぞ。コラリー殿はヴェルナー卿や王女殿下と行動を共にするのであろう？」

「……うん」

「ならば、強くなっておいて損はなかろう。それがヴェルナー卿や王女殿下、我が娘や妹のためにもなるであろう」

「……わかった」

大王とコラリーとの会話をハティはうんうんと頷きながら聞いていた。

「それで、ハティ。そのコラリーが使えそうな物とやらを見せてくれ」

「わかったのじゃ」

「りゃっりりゃ！」

ハティが近づいてくると、ユルングが目をキラキラと輝かせる。

「ユルング、いたずらしたらダメだよ」

「りゃあ～？」

俺はハティが頭に乗せていた腕輪型魔道具を受け取った。

「りゃ！」

「触りたいの？　そっとね」

「りゃあ～」

ユルングも触れるように、ユルングの近くで魔道具を調べた。

ユルングは魔道具に触れられることが嬉しいのか、尻尾を勢いよく振っている。

「これは……うん。装着者の魔力を消費して、一時的な魔法障壁を発生させる魔道具かな？」

「さすが、ヴェルナー卿、一目見ただけで気付くとは」

それはケイ先生の体系とは違う作り方をされた魔道具だった。

強力な障壁を展開できる魔道具だ。

結界に似ているが、結界は球状などで空間を覆う形で展開するのに対して、障壁は壁として展開する。

障壁は結界と違って、全方位防御できるわけではないし、敵を閉じ込めることもできない。

だが、展開が速いので、咄嗟の攻撃への対応力に優れている。

「使いこなせたら、有用ですが……しかし、消費魔力が多過ぎますね。小さいですが古竜用ですか？」

その魔道具が作り出す障壁は俺が全力で放った魔法でも防ぎきるだろう。

だが、人族の魔導師が使えば、一瞬で魔力が尽きて気絶する。

使いこなせるのは魔力が無尽蔵にある古竜ぐらいだ。

「いや、人族用である」

「これを……使いこなせる人族がいたのですか？」

「ヴェルナー卿がそれを尋ねるのか」

大王は楽しそうに笑う。

「大賢者やヴェルナー卿なら使えるであろう？」

「それは、まあ……使えるでしょう。ですが、私でも何度も使えば倒れますよ」

「そんなことはないだろうが……。消費魔力が大きいのは事実だな。懐かしい」

大王は俺の持つその魔道具に触れる。

「……前にこれを使っていたのはどんな人？」

「大昔の、確か五千年前の大賢者である。とても強い人族であった」

「……作ったのは？　その大賢者？」

「違うぞ。その大賢者と仲が良かった古竜であるな」

それを聞いて俺は少し安心した。

その魔道具の水準は高い。

もし、五千年前に人族がその魔道具製作の水準に達していたならば、五千年もの間、人族は進歩していないということになる。

古竜が作ったのならば、納得できる。

「我ら古竜も中々やるものなのじゃな～」

「当然だよ。古竜の方が全般的に人より高い技術を持っているものだよ」

「そうなのかや？」

「もちろんだ」

不世出の天才であるケイ先生が千年間で一気に技術水準を高めたのは間違いない。

とはいえ、古竜の方が寿命が長く、知識と経験の蓄積がある分、有利なのも間違いない。

「ハティ、その尻尾につけている魔道具は？」

「これであるか？　これは攻撃用の魔道具なのじゃ」

「それも、同じ五千年前の賢者が使っていた魔道具であるぞ」

同時に装備するために作られた魔道具なのかもしれない。

「ハティ、それも見せてくれないか？」

「もちろんなのじゃ」

俺はハティの尻尾から魔道具を受け取って調べる。

「ふむ。魔力の放出を助ける魔道具かな」

「そうなのじゃ！　これをつけると魔法の威力を高められるはずなのじゃ」

「確かに威力は上がるだろうけど……」

これも出力が高すぎる。

普通の魔導師がこれを使って初級の魔法を放てば、一撃で魔力が無くなり気絶するだろう。

「コラリーこの魔道具の効果はわかるか？」

「……大体わかる」

「扱えそうか？」

「……やってみる」

可能か不可能かではなく、やってみると意思をコラリーは示した。

コラリーは不可能でも、必要だと思えば、無理矢理使ってみせるだろう。

その結果、気絶しても、いやたとえ死ぬとしても、構わずにだ。

「大王、この二つの魔道具、コラリーに扱えると思いますか？」

「うーむ、そうであるな」

大王は真剣な表情でコラリーを見る。

「……私なら使える」

コラリーは大王の目を見てはっきりと言った。

「出力を抑えた方がよいかもしれぬ」

「ですよね」

「……必要ない」

「いや、コラリー。必要だ」

「……気遣いは必要ない」

「そうではない。むしろ出力を抑えて回数を増やした方が戦術的に有効だ」

「………………そうなの？」

「そうだ」

俺の目をコラリーはじっと見つめた。

まるで、嘘をついているのか見極めようとしているかのようだ。

「……ならば、抑えてほしい」

コラリーは俺が嘘をついていないと判断してくれたのだろう。

「ああ。任せろ。大王、構いませんか？」

「こちらから頼みたいところだ。製作者の古竜も呼んでおこう」

「それはありがたいです」

古竜の魔道具技術の専門家とも会えるのは楽しみだ。


ロッテとコラリーの装備を無事手に入れることができたので、俺たちは宝物庫の外へと向かう。

「主さま、嬉しそうなのじゃ」

「そりゃあ、古竜の魔道具の専門家とお話しができるのは嬉しいよ」

そのとき、途中まで一緒に外に向かっていたはずの大王がいないことに気がついた。

「あれ？　大王は？」

「む？　父ちゃーん、どこいったのじゃー？」

「りゃ〜〜」

ハティとユルングが大きな声で大王を呼ぶ。

「ん？　少し待つのだ！」

離れた場所から大王の声がする。

大王を待つために、俺たちは足を止めた。

するとコラリーが宝物の魔道具に興味があるのか、ふらふらと歩いて俺たちから離れようとした。

「コラリー、迷うから離れない方がいいぞ」

「……うん」

宝物庫は広大で、大量にある巨大な宝物が壁を作るので死角が多い。

人族にとっては、まるで迷宮のような状態なのだ。

少し離れると、たちまち見えなくなる。

「そのときはハティが見つけるから安心なのじゃ！」

赤ちゃん竜でも、古竜なら飛びさえすれば、宝物より視点が高くなるので迷うことはない。

そのうえ、古竜は嗅覚が鋭いので、赤ちゃん竜が迷うこともない。

だから、古竜は迷宮みたいだとは思っていないのだろう。

「……これ魔道具？」

コラリーに尋ねられて、俺はその魔道具に近寄った。

その魔道具は、周囲の魔道具に比べて小さかった。

高さも横幅も、俺の身長の半分ぐらいの長さしかない。

「魔道具だな。でも、これは……、ロッテ、何の魔道具かわかるか？」

「ええっと……」

「りゃ～～」

ロッテが魔道具に駆け寄って調べはじめる。

すると、俺に抱っこされていたユルングも、パタパタ飛んで魔道具の上に乗った。

そして、ユルングもロッテと一緒になって考えはじめた。

「コラリーはわかるか？」

「……わかんない。ごめん」

「謝らなくていいよ。コラリーは魔導師で魔道具師じゃないからな。わからなくて当然だ」

「……頑張る」

「無理はするな、魔導師として魔法を極めるのだけでも、大変なことだし」

「……でも、魔道具に詳しい方が役に立つ」

「そうだな。魔道具の知識は戦闘でも役立つが……」

すると、ハティが呆（あき）れたように言った。

「戦闘じゃなくて、主さまの、なのじゃ」

「…………」

コラリーは黙ったまま俺を見つめていた。

「そうか。コラリーも俺に弟子入りしたんだもんな」

「…………」

コラリーは俺に弟子入りした。

だから師の役に立ちたいと思っているのだろう。

「魔道具に関してもゆっくり教えるよ。気長にな」

「……頑張る」

コラリーはやる気に満ちあふれているように見えた。

「わかりました！」「りゃ！」

そのとき、魔道具を調べていたロッテとユルングが同時に声を上げる。

「わかったか？　何の魔道具だ？」

「これは送風機能を備えた魔道具ですね」「りゃ〜」

「正解。体系が違う魔道具なのによくわかったな。見事」

「お師さまのご指導のおかげです」「りゃっりゃ」

照れるロッテの横でなぜかユルングもどや顔をしている。

「俺たちの魔道具との決定的な差は何かわかるか？」

「ええっと」「りゃ〜？」

ユルングまで一緒に首をかしげている。

「魔石が、補助的な役割しかもっていないことでしょうか？」「りゃ？」

「その通り。正解だ。古竜のための魔道具だからな」

「……どういうこと？」

コラリーが尋ねてくれた。問うてくれると説明しやすいので助かる。

「基本的に俺たちの魔道具は、非魔導師でも使えるように作ってある」

「……ふむ？」

「だから魔力の供給は魔石が担っているんだよ」

結界発生装置も、長距離通話用魔道具も、パン焼き魔道具も魔石から供給される魔力で動いている。

「古竜の魔道具は、魔石を魔力の流れを整える機能、もしくは魔力を溜める機能に使っているんだ」

古竜たちは皆無尽蔵の魔力を持っている。

魔石の魔力を使う必要がそもそもないのだ。

むしろ、魔石を使って、同じ出力を出すなら大量の魔石が必要となる。

そのうえ、大量の魔石をつなぐためには巨大な魔力回路が必要となる。

古竜の大出力魔道具を動かすのに魔石を使うのは、非効率なのだ。

「この送風魔道具も、人が動かせば一秒も持たずに気絶する。だが古竜ならば、朝に魔力を軽くそそぐだけで一日持つだろうな」

「……なるほど」

「つまりだ。使う者によって、最適な魔道具の仕様は変わるということだ」

「肝に銘じます」「りゃ～」

魔道具は使い手のことを考えて作らなければならないと教えたかったのだ。

ロッテとユルングは神妙な顔をしていた。

きっと、俺の言いたいことを理解してくれたに違いない。

そして、いつの間にか戻ってきたのか、

「ふむふむ」

大王まで俺の後ろで頷いていた。

「確かに人族と古竜では求める仕様が違うだろうなぁ」

「父ちゃん、その手に持っているのはなんなのじゃ？」

「これか？　これはヴェルナー卿の武器にどうかと思ってな」

大王が手にしていたのは、鞘に納められた剣だった。

「私の武器ですか？」

「うむ。あった方がよかろう？　聖女戦のときのように剣は折れることもあるゆえな」

折れたのはロッテの剣だ。

そして、俺はロッテに自分の剣を貸したのだ。

「確かに大切かもしれません」

ロッテの剣が折れたとき、貸せるように俺も高品質の剣を持っていた方がいい。

それに、俺自身も高品質の剣を持っていた方がいいに決まっている。

「であろう。これはどうか？　オリハルコン製だから、魔法もかけやすいぞ」

俺は大王から剣を受け取り、鞘から抜き放つ。

「確かに、見事な剣です。魔法も掛かっていますね」

切れ味を保持する魔法と、折れにくくする魔法だ。

それに魔法との親和性も高めてある。

剣に炎の魔法を掛けて、炎の剣にするということも難しくなさそうだ。

「先代が魔法付与に凝っていたときに、かけた魔法だな」

「りゃ～」

先代とはユルングと大王の母である前大王のことだ。

「ぜひ、ヴェルナー卿に受け取ってもらいたい」

「…………ありがとうございます」

「うむ。母も喜ぶであろう」

俺がその剣を腰に差すと、大王は満足そうに頷いた。

それを見ていたハティが言う。

「ハティが使える武器はないかや～？」

「古竜向けの武器などないぞ」

大王が優しく諭す。

「父ちゃん、どうしてなのじゃ？」

「強い古竜が、武器など使ったら世界が壊れるであろう？」

「なるほど～？　でも、ハティより主さまのほうが強いのじゃ」

「そうかもしれぬ。だが、種族として武器は使う習慣がないゆえ、武器がそもそもない」

「使うのがダメということじゃないのかや？」

大王は少し困ったような表情を浮かべる。

「ダメではない。が、古竜には、そもそも武器を使うという発想がなかった」

「そうなのじゃな。なら、主さまに作ってほしいのじゃ」

「ん？　ハティが使える武器となる魔道具か？」

「そうなのじゃ！」

「大王、よいのですか？」

「よくない、いや、よくないということはないが……」

ハティは堂々と言う。

「ハティより主さまの方が強いし、主さまのお師匠さまは更に強いのじゃ。ならば、武器ぐらい無いとやってられないのじゃ！」

「それはそうだが……」

少し考えて大王が言う。

「ヴェルナー卿、ご迷惑ではないか？」

「いえ、迷惑などでは」

「ならば、もし余裕があれば、ハティに何か作ってやってほしい」

「わかりました」

「もちろん、後回しでよい。古竜は種族として強いゆえ、本来は武器を必要としないのだからな」

後半はハティに言い聞かせるように、大王は言った。

第五章 古竜の魔道具師

その後、大王も一緒になって、俺たちは宝物庫から外に出た。

「ヴェルナー卿、早速だが、作業室へと案内しよう」

「ありがとうございます」

大王が案内してくれた作業室は、やはり広かった。

辺境伯家の王都屋敷の敷地の三倍ぐらいの広さがあり、天井の高さは俺の身長の二十倍ぐらいある。

窓はないのだが、広すぎて、開放感があった。

「りゃ～」

広い空間が好きなのか、俺に抱っこされているユルングの尻尾が激しく揺れる。

その広大な部屋の真ん中に、人間サイズの机と椅子がぽつんとある。

「あの机と椅子はヴェルナー卿に使ってもらうために用意したのだ」

「ありがとうございます。助かります」

俺たちはその部屋の中央へと歩いた。

試しにその椅子に座ってみる。

遠くから見たら小さく見えた机も、実際に座ってみるとかなり大きかった。

高さこそ人族サイズだが、縦横ともに俺の身長の二倍ぐらいの長さがある。

その広い机の上にユルングを置くと、

「りゃりゃ〜」

嬉(うれ)しそうに仰向(あおむ)けになって、ゴロゴロ転がった。

あまりに広い部屋の真ん中というのは、落ち着かない。

だが、作業には支障は無いので問題はない。

俺は宝物庫から運んできた物を机の上に乗せた。

「充分広いですね。ありがとうございます」

「うむ。棚の中に入っている素材類は自由に使ってほしい」

広大な作業室の壁にはびっしりと棚が付いている。

その棚は古竜が扱うのに適しているので、当然巨大だ。

棚一つの高さは俺の身長ほどあり、横幅は身長の五倍ほどあった。

「どこに何が入っているのかは、朕(ちん)も把握しておらぬゆえ……詳しい者に……」

そこに一頭の巨大な古竜が入ってくる。

「おお、偶然、丁度いいところにいらっしゃいましたな」

入ってきたのは大王が敬語を使う相手、つまり長老の一頭だ。

「りゃ！」

その長老のことを知っているユルングも、嬉しそうに鳴いた。

「おお、殿下。今日もお可愛いですな」

長老はユルングを見て頬を緩ませる。

「陛下、偶然ではありませぬぞ。陛下とヴェルナー卿が入るのを見て駆けつけたのですからな」

「おお、助かりますぞ。ヴェルナー卿。猊下が作業室の実質的な主人なのだ。なんでも尋ねるとよろしかろう」

その作業室の主人たる長老のことは俺も知っている。

初めて古竜の王宮を訪れたときに自己紹介してもらったからだ。

「未熟者ですが、どうぞよろしくお願いいたします。グイド猊下」

俺は椅子から立ち上がって、頭を下げる。

古竜の長老の尊称は猊下らしい。

人族社会では、猊下は大司教など高位の宗教家か、碩学、つまり大学者に用いる尊称だ。

古竜の長老に使う猊下は宗教的なものではなく、碩学に対するそれなのだろう。

長命な古竜の中でも、長老は特に長寿で、その知識は碩学と呼ばれるにふさわしいものなのだ。

「おお、ヴェルナー卿、私の名前を覚えてくださっているとは、光栄の至り」

そう言ってグイド猊下はにこりと笑う。

だが、すぐに鋭い目になり、俺たちの持つ宝物を順に見た。

ロッテの持つラメットの剣。

そして机の上にあるコラリー用の障壁発生装置と魔力の放出を助ける魔道具と俺用のオリハルコ

ンの剣。

「ふむふむ、それらを強化するのだな?」

「いえ、強化というよりは、人族にでも扱いやすいように調整したいのです。特にこの二つの魔道具は、人族には扱いにくいですから」

「そうであろうなぁ。これを与えた昔の大賢者も持て余しておったわ」

コラリー用の二つの魔道具は、五千年前に大賢者と呼ばれた人族のために古竜が作ったものだと聞いている。

「グイド猊下が、製作者なのですか?」

「そうだ。懐かしいな」

グイド猊下は優しい目で微笑(ほほえ)んだ。

そして、グイド猊下は小さくなった。

「人族の魔道具を扱うにはこのサイズの方が便利ゆえな」

「ありがとうございます」

「で、ヴェルナー卿。改良案はあるのか?」

「そうですね、まず魔石の役割を変えて、出力を――」

話し合いはじめると、コラリーがぼそっと言う。

「……ロッテ、あっちで訓練しよう」

「訓練ですか？」

「……うん。魔道具の勉強より、今は訓練」

「それはそうかもですが……」

そう言って、ロッテは俺を見た。

「そうだな。ロッテは訓練を優先した方がいいかもな」

「わかりました」

それを聞いていた大王が言う。

「王女殿下とコラリー殿は努力家であるな。古竜の訓練場に案内しよう」

そして、訓練場へと連れて行く。

「ハティ」

「どうしたのかや？」

「ロッテとコラリーの訓練を見守ってやって欲しい」

「わかったのじゃ」

「コラリーの攻撃をロッテがかわせないと思ったら障壁で防いでくれ」

そう言うと、ハティは首をかしげた。

「ロッテの剣がコラリーにあたるかもしれないのじゃ」

ロッテを守るだけでなく、コラリーも守らなくてよいのかと疑問に思ったのだろう。

「まあ、大丈夫だよ。もしものときは頼むけど」

「わかったのじゃ。怪我しそうになったら止めるのじゃ」

「ありがとう、助かる」

「お安いご用なのじゃ！」

そして、ハティがパタパタ飛んで、大王たちについていく。

「りゃ～」

そんなハティたちをユルングは手を振って見送った。


ハティたちの後ろ姿を見送ったグイド猊下が笑顔で言う。

「ヴェルナー卿。ずいぶんと二人を気に掛けておられるのだな」

「弟子ですから。怪我をされては困りますからね」

「そうか。うむうむ。それでは、ヴェルナー卿の愛弟子のために頑張るとするか」

「ありがとうございます」

「だが、まずは簡単な作業からやっていこう」

「簡単な作業ですか？　となると……」

「そう、ヴェルナー卿の剣からだ。魔道具……というわけではないがな」

グイド猊下は簡単だと言うが、俺にはそう簡単だとは思えなかった。

前大王がかけたのは、相当高度な魔法だし、そもそも俺が慣れ親しんだケイ先生の体系とは違う。

「猊下。この剣にかけられた魔法はかなり複雑で、私にとっては簡単ではありません」

「で、あろうな。だがこの剣には古竜の魔法しかかかっておらぬ。理解しやすいであろう？」

「それは、たしかにそうですね」

「古竜の魔法と魔道具技術についてはわしが教えるゆえ、卿は人族の魔法と魔道具技術について教えて欲しい」

「わかりました。よろしくお願いいたします」

俺はグイド猊下と一緒に、オリハルコンの剣にかけられた魔法を解析することから始めた。

グイド猊下は当然、かけられた魔法についてわかっているが、俺のために解析から付き合ってくれる。

解析はオリハルコンの剣に前大王が刻んだ魔法陣を改めて調べることから始まった。

「……刃の耐久性をあげる機能は、魔法陣のこの部分ですよね」

「そうじゃな。さすが大賢者の弟子。すぐに理解するとは」

「ありがとうございます。切れ味を維持する機能は、魔法陣のこの部分で……」

「うむうむ」

「同時に魔力を流しやすくもしていると」

一つの魔法陣が三つの機能を発揮している。

完成度が非常に高い。

動かすのに必要な魔力が膨大(ぼうだい)ということもない。

前大王は、人族が使うことを前提にこの剣を作ったのだろう。

「人族の魔法の専門家である卿の目からは、古竜の魔法はどう見える？」

「見事の一言です。全てが有機的に繋がっていて、全ての機能が、互いに補い高めています」

「人族ならば、どうつくるのだ？」

「そうですね。一つの魔法陣には一つの機能をつけるのが基本でしょうか」

「ふむふむ？　それだと一つの武器にいくつも魔法陣を描く必要があるだろう？」

「その通りです。複数の魔法陣を繋げはしますが……」

　俺は机の上にあった紙とペンを使って、さっと魔法陣を描いた。

「耐久度と切れ味、魔力伝導性を高めるならば、このような魔法陣でしょうか」

「一つ一つの魔法陣が小さいのだな」

　一つ一つの魔法陣の大きさは、前大王のものより小さい。

　だが、三つ合わせれば、俺の描いた魔法陣の方が大きかった。

「なぜ、人族は複数に分けるのだ？」

「まず、古竜ほど魔法陣の技術が高くないというのがあるでしょうが……」

「だが、メリットもあるのだろう？」

「そうですね。壊れたときに一つを直せば済みますし、複数人で作業するのも容易になります」

「なるほど」

「それに調整も楽です。耐久度を変えたいとなると、前大王の魔法陣では全体をいじる必要がありますから」

「人族のものだと、魔法陣一つをいじればいいと。なるほど」

感心したようにグイド猊下は頷く。

古竜には高い技術と時間の余裕があるからこそ、魔法陣を分けるメリットを感じにくいのだろう。

「それで、卿ならば、どう改良する？」

「元々の完成度が高いですから……」

耐久度や切れ味、魔力伝導性などは申し分ない。今更いじるまでもない。

俺は少し考える。

「……障壁破りの機能を付与しましょうか」

「障壁破りとな？」

「聖女と前大王と戦って、もっとも厄介に感じたのは強力な障壁です」

「ふむ？」

「実はですね……」

ロッテがシャンタルの胸に剣を突き刺そうとしたら、あっさり折れた。

それはシャンタルが体に展開した障壁のせいである。

最終的にシャンタルの体を障壁ごと貫いたのは、結界を纏わせたロッテの剣だ。

そんなことを、俺はグイドに説明する。

「なんと。卿の弟子の王女殿下は天才か？」

「天才でしょうね」

周囲に誰もいないのに、グイド猊下は声を潜めていう。

「…………やはり、卿の弟子は勇者か？」

グイド猊下は真剣な表情で俺を見つめる。

「やはり、とは？」

「大賢者が王女殿下にかけた言葉がな。まるで勇者に対するそれだとは思ったのだ」

「そうですか」

あの場にいた古竜たちは、皆ロッテが勇者だと薄々気付いているのかもしれない。

今更グイド猊下に隠しても意味はなさそうだ。

「ご推察の通りです、ですが、本人は知らないことなので」

「……わかった。わしの胸に納めておこう」

「ありがとうございます」

古竜は口が堅いので安心だ。

グイド猊下は「うむ」と深く頷くと笑顔で言う。

「りゃ～？」

そんなグイド猊下を見て、ユルングは首をかしげた。

「殿下、ご心配召されるな」

「りゃ！」

「さてさて、話がずれたな。卿はどうやって結界を刀身に纏わせる機能を付与するのだ？」

「そうですね……」

「王女殿下がやったように結界発生装置を利用するのか？」

「それだと簡単ではあるのですが……一目でばれます」

「ふむ？」

「聖女と違い、ケイ先生は魔道具の専門家なので……」

そのうえ、俺の作った結界発生装置のことをケイ先生は知っている。

剣に結界発生装置が付いていればすぐ気付くだろう。

「魔道具ではなく、障壁を展開する魔法陣を刻みましょう」

「ふむふむ」

俺はグイド猊下に見守られながら、紙に魔法陣の素案を描いていく。

ユルングは寝ていないのに大人しい。

俺のお腹（なか）に抱きついた状態で、じっと魔法陣を見つめている。

「肝（きも）は展開スピードですから……このように……」

「ふむ？　だが、それだと出力が足りないのではないか？」

剣を振り始めるのと同時に展開を開始し、刃が敵に到達する前に展開を完了しなければならない。

「そうですね。威力を高めるには……」

「こうすればどうか？」

「おお、たしかに、そうすれば出力が上がりますね。その発想はありませんでした」

「うむ。出力を上げるのは古竜の専門分野ゆえな」

グイド猊下はにやりと笑った。

「これで展開速度と出力、両方完璧ですね。魔法陣の大きさも刀身に刻める大きさに収められそうですし」

「しかしヴェルナー卿、これだと消費魔力が多くなりはせぬか？」

「……たしかに」「りゃむりゃむ」

話し合いに参加しているつもりのユルングがうんうんと頷く。

俺が使う分には問題ない。

だが、万が一のとき、ロッテも使えるようにしなくてはならないのだ。

ロッテが使うには、消費魔力が多すぎる。

「消費を落としつつ、展開速度と出力を維持する方法。ヴェルナー卿、果たしてそんな方法があるのか？」

「難しいですね。ですが不可能ではないかと」

「そうなのか。古竜は魔力消費を抑えるということをほとんどせぬからな。わしにはわからぬ」

「……そうですね。この部分を省略して、増幅機能を持たせるのはどうでしょうか？」

「省略する理由は？」「りゃ？」

「ここを省略すれば、障壁の維持時間が短くなります」

「短くなれば、消費魔力が減ると」

「そうですね。加えて増幅機能を持たせることで、一瞬だけ強力な障壁を展開できるようにしようと思いまして」

「なるほどなるほど。それでよかろう。問題は」

グイド猊下は刀身を指の先で撫でる。

「前大王の魔法陣との整合性であるな」『りゃむ」

元々、刀身には前大王が魔法陣を刻んでいるのだ。

「こうやって繋げるのはどうでしょうか？」

「おお、よい手段だ。わしの発想にはなかったな」『りゃあ」

ユルングも真剣な表情でうんうんと頷いている。

「だが、ヴェルナー卿、ここは、このようにしたらどうだろう」

「……！　おお、たしかに」『りゃっ‼」

グイド猊下の指摘は目から鱗だった。

少しいじるだけで、魔法陣の連携が格段によくなる。

「しかも、魔法陣の間で魔力が循環するので魔力効率が上がりますね」『りゃ～」

「うむうむ。そうなのだ。魔力効率を上げた方が消費魔力も少なくて済むゆえな」

古竜は魔力効率などあまり考えない。

だが、この短期間でグイド猊下は魔力効率や魔力消費についての考え方を理解したのだ。

そして、魔力消費や効率を考えてばかりいる人族の俺ですら思いつかなかったことを提案してくれる。

数千年、もしかしたら数万年のキャリアは伊達ではないということだろう。

「古竜の長老猊下に、このようなことを言うのは却って失礼かもしれませんが」

「む？」「りゃむ？」

「猊下の魔法に対する造詣の深さに、ただただ驚くばかりです」

「ただ、長い間やっているというだけのことよ。がっはっは」「りゃっりゃっりゃ！」

楽しそうにグイド猊下は笑い、それにつられたのかユルングも楽しそうに笑った。

ひとしきり笑うと、グイド猊下が言う。

「では、作業に入るか」

「はい、猊下」

俺とグイド猊下は力を合わせて魔法陣を刻んでいく。

その作業を、ユルングは真剣な表情で見つめていた。

実際の作業は十分と掛からずに、終わったのだった。

「次は……、どちらからすべきかのう。卿はどう考える？」「りゃ？」

「そうですね。両方難しいですが、コラリーの使う魔道具の方が簡単かもしれません」

「ふむ。たしかにラメットの剣は、大賢者と聖女の魔法であるからな」「りゃむ」

恐らく魔法付与作業自体はラメットの剣の方が短時間で終わるだろう。

だが、解析が難しい。

そして、解析した結果を踏まえて、新たにどのような魔法を付与するか、付与する方法などを考えるのは大変だ。

その点、コラリーが使う二つの魔道具は、作業こそ時間が掛かりそうだが、解析はそう難しくないはずだ。

「何しろ魔道具の製作者である猊下がおられますからね」

「うむ。この魔道具について聞きたいことがあればなんでも聞くがよい」

グイド猊下はにこりと笑った。


早速、グイド猊下と一緒にコラリー用の二つの魔道具の解析を始めた。

「障壁を発生させる魔道具は防御用、魔力の放出を助ける魔道具は攻撃用ですよね」

「そうである。そのつもりで作った」

「ちなみに五千年前の大賢者さまはこれを使ってどのような感想を?」

「疲れて仕方がないと」

懐かしむかのように遠い目をして、グイド猊下は言う。

「それはそうでしょうね。……ちなみに実戦で使われたのですか?」

「うむ。五千年前の大魔王との戦いで使用された」

「大魔王ですか」「りゃむ?」

大魔王と聞いてユルングがピクリとした。

ユルングに大魔王という言葉の意味がわかっているとは思わない。

だが、なんとなく危険な存在を指す言葉ということはわかっているのかもしれない。

「五千年前の大魔王は、元々人族の魔導師だったのだ。強力無比な魔法を使ってきた。その大魔王の魔法を防ぐ障壁を作り出すために使ったのだよ」

「つまり大賢者は防御を担当し、攻撃は別のものに任せたということですか？」

「そうだ。大魔王の極大魔法は都市を丸ごと吹き飛ばす威力だったが、連発はできぬ。それゆえ、一撃しのげれば勝機はあったのだ」

「なるほど、こちらの魔力放出を助ける魔道具は……」

五千年前の大賢者は防御を担ったようだ。

そして、障壁を展開した後は力尽きたはずだ。

死んでいてもおかしくないし、死んでいなかったとしても意識を失ったに違いない。

「攻撃はわしと人族の戦士、勇者、大賢者とは別の魔導師が担ったのだ。あいつらは、弱き人族だというのに、とても強かった」

五千年前の思い出を語るグイドは、少しだけ寂しそうだった。

「ということは、こちらの魔力の放出を担う魔道具は実戦で使われなかったのですか？」

「そうではないぞ。きちんと大魔王戦において役に立った」

「どういうことでしょう？」「りゃむ～？」

俺が尋ねると、ユルングも首をかしげた。

「大魔王の極大魔法は、尋常ではない威力でな。並大抵のことでは防ぎきれなかったのだ」

説明しながら、グイド猊下は障壁を展開する魔道具の横に、魔力放出を助ける魔道具を並べる。

「だから、二つの魔道具を連携させた。魔力を放出させて、その大量の魔力を使って、障壁を展開したのだ」

「それは……死にませんか？」

「たしかに危ない。だが、極大魔法を防がねば万を超す人族と数え切れない生物が死ぬことになっただろう」

どうせ防げなければ、大賢者も死ぬし、勇者も戦士も、その他多くの民も死ぬ。

ならば、命を懸ける価値がある。

「どうして、猊下が障壁を担当されなかったのですか？」

グイド猊下ならば魔力量の桁が人族とは文字通り違う。

魔力放出を助ける魔道具を使う必要もないだろう。

それに障壁を展開しても倒れまい。

その後、攻撃に転じることさえできたはずだ。

「たしかに卿の言うとおりだ。それが合理的で、最も賢い戦術だ」

「ならば、どうして？」

「大魔王は大賢者の弟子だったのだ」

グイド猊下の説明はそれだけで充分だとばかりに、一言だけ言う。

「………そうだったのですね」

五千年前の大賢者は弟子を殺すことができなかったのだ。

だから、防御を担ったのだろう。

「大賢者は天才だった。人族の魔法技術を百年進めたと言っていい。だが、その愛弟子はその上をいく天才だった」

そしてグイド猊下は寂しそうな目で俺を見る。

「勇者たちが、わしに泣いて頼むのだ。大賢者に大魔王を殺させないでくれと。大賢者と大魔王はただの師と弟子ではなかった。血縁はなかったが親子のようでな」

だが、戦いに参加するなと言っても大賢者は納得しないだろう。

弟子であり子である大切な存在が、大魔王に変質し苦しんでいるのだから。

しんみりとした空気が流れる中、

「さて！　ヴェルナー卿。どう改良する？」

グイド猊下は努めて明るく言った。

「そうですね」

「極大魔法を防ごうとするならば、組み合わせるしかないが……」

「猊下、正直なところ、コラリーと五千年前の大賢者の魔力量はどのくらい違いますか？」

「そうであるな。……コラリー殿は優秀な魔導師だが、それでも魔力量は五分の一程度かもしれぬ」

それは俺の見立ての通りだった。

少なくとも今のコラリーの五倍程度の魔力量がなければ、二つの魔道具を繋げて使うのは難しい。

「コラリー殿を死なせるわけにはいかぬゆえ、魔力消費を抑えるしかなかろうが……」

魔力消費が下がれば、当然障壁の強度は弱くなり、展開速度も遅くなる。

いかに工夫して、強度をなるべく下げずに、展開速度を維持したまま、消費魔力を抑えるか。

グイド猊下はそう考えているのだろう。

「一つ案を思いついたのですが、それが可能かわかりません」

「ふむ？」「りゃ？」

「猊下、質問してもよろしいですか？」

「もちろんだ」

「では……」

俺はグイド猊下の作った二つの魔道具について、ひたすら質問していった。

俺が質問すると、グイド猊下はよどみなく答えてくれる。

おかげで二つの魔道具に使われている理論や構造がより深く理解できた。

古竜の魔道具理論に対する理解も深まったように思う。

「ありがとうございます。猊下」「りゃ」

「もう、質問はよいのか？」

「はい。おかげさまで」

「それで、卿の案は可能なものであったか？」

「はい、恐らくは」

そう答えると、グイド猊下の目が輝いた。

早くその案を教えろと、きらきらした目で言っている。

「組み合わせる魔道具を二つから三つにします」

「ほう？　三つ目は？」

「これです」

俺は昔作った魔道具を鞄(かばん)から取り出して、机の上に乗せる。

「これは……。ふむ。周囲の魔力を集める魔道具か？」

「その通りです、さすが猊下。一目で機能を見極めるとは」

「ふふ、伊達に長年魔道具を作っておらぬからな」

元学院長が俺を襲撃しに来た際に使っていたものだ。

こぶし大の宝石のような形状をしているので魔道具らしくない。

「……だがこれでは出力が足りないのではないか？　武器として使うにはいささか頼りないように思えるが」

魔道具を観察したグイド猊下が指摘する。

「その通りです、猊下。これは本来武器ではないのです」

「ふむ？」

「実は治療器具として開発した魔道具でして……」

「治療器具とな？」「りゃむ？」

古竜二頭が首をかしげている。

「人族には魔力が枯渇する病があるのです。その治療器具ですね」

「そのような病があるとは」

「病だけでなく、事故で魔力を失った者の回復を助けるのにも使えます」

ロッテが魔力を使い切って、気を失ったときにも使ったことがある。

「ふむ～。なるほどのう。興味深いのである」「りゃむ！」

魔力枯渇など想定したことすらないであろう古竜二頭が感心していた。

もっとも、ユルングは会話の内容ではなく、グイド猊下の仕草を真似（まね）しているだけかもしれない。

「治療器具だからこそ、出力が少ないのだな？」

「その通りです。繊細な魔力操作が求められますから。ですが、これを攻撃に使った者がいまして」

それをしたのが元学院長だ。

恐らく改造自体は元魔道具学部長が行ったに違いない。

「それを参考に攻撃用に造り直したのがこれです」

シャンタル戦でコラリーに使わせた魔道具を机の上に乗せた。

「ふむふむ。出力上限を上げてあるのか」

グイド猊下は一目で改造箇所と、その効果を把握する。

「その通りです。更にこのように改造しようかと思いまして」

俺は紙に設計図を描いていく。

「ほう？　ほほうほう」『りゃりゃむ」

「どうでしょうか？」

「とてもよいな。自分の魔力の流れにあわせて、周囲の魔力を整えて利用するのか。ふむ！」

「これを猊下のお作りになった魔道具に繋げれば、周囲の魔力を利用して強力な障壁を展開できるのでは？」

「名案である！　これがあれば、人族であっても倒れることもあるまい」『りゃむ！」

俺は繋げるための回路を紙に描いていった。

「ふむふむ」『りゃむりゃむ」

「どうでしょうか？」

「よいな。だが、こうしてはどうか？」

グイド猊下と協力して、設計図を描いていく。

繋げるための回路だけでなく、グイド猊下の魔道具や俺の魔道具自体の改造案を紙に描いていった。

「よし、これでよいかな？」

「そうですね。あとは実際に回路を繋げてみて上手(うま)くいくか、ですね」

設計図は完璧に思える。

だが実際に作ってみるまで、本当に上手くいくのか、わからないものだ。

ユルングに見守られながら、俺とグイド猊下は、設計図通りに魔道具を改造していく。

俺とグイド猊下はそれぞれ自分が開発した魔道具を改造していった。

俺が改造する魔道具は一つなので、すぐに終わる。

「繋げる回路を組み立てていきますね」

「ああ、頼む」

改造が終わったグイド猊下の魔道具と俺の魔道具を繋げていく。

それが終わる頃には、最後の魔道具の改造も終わった。

「あとはこれを繋げて終わりですね」

「うむ」「りゃむ」

全てを繋げ、三つの魔道具を一つの魔道具にまとめ終わる。

幅広の腕輪のような形状だ。

「実際に使ってみましょうか？」

「そうだな。隣の実験室に移動しよう」

「実験室まであったのですね」

「うむ。魔道具開発に実験はつきものゆえな」

俺は魔道具を左手に装着して、グイド猊下と一緒に実験室に移動する。

実験室もとても広かった。

巨大な古竜が実験するための場所なのだから当然だ。

「ユルングは、猊下と一緒にいてね」

「りゃむ」

ユルングをグイド猊下に抱っこしてもらってから、距離を取る。

「では、障壁の展開からいきます」

「うむ。いつもこの瞬間が一番楽しい」

「私もです」「りゃ〜」

わくわくしているグイド猊下とユルングに見守られながら、障壁を展開する。

「おお、充分強力な障壁を展開できていますね」

「消費魔力はどうだ?」

「許容範囲ですよ」

俺自身の魔力も消費されてはいる。

だが、周囲から魔力を集めているので消費量自体は少なくて済んでいる。

「実際の強度を確かめたいので、猊下、こちらに一発攻撃をお願いします」

次の瞬間、

——ドゴゴオゴゴゴゴン
グイド猊下は強力な魔力弾を飛ばしてきた。

さすがは古竜の長老。威力が尋常ではない。

「どうだ？」

「充分です。凌げています」

グイド猊下の攻撃を凌げるならば、充分だ。

「ならばよかった。攻撃機能はどうだ？　わしを目がけて一発頼む」

「はい、ですが、ユルングをこちらに」

「そうじゃったそうじゃった」「りゃむ」

俺にユルングを渡すと、グイド猊下は距離を取る。

「では改めて頼む！」

俺は、コラリーでも消費できる魔力量を、魔道具を通して魔法を放つ。

——ゴゴゴゴォォォ
それをグイド猊下は障壁を展開して防ぐ。

「おおっ！　よい威力だ！」「りゃっりゃっりゃむ！」

俺のお腹にしがみついているユルングも大喜びで尻尾を勢いよく振っている。

「あとはコラリーに使ってもらって、調整ですね」

「うむうむ」「りゃむりゃむ」

ひとまず、コラリー用の魔道具は完成したと言っていいだろう。

最後に残ったのはラメットの剣だ。

俺たちは作業室に戻ってラメットの剣の改良に着手する。

まずは観察からだ。

「これが千年前にケイ先生と聖女が刻んだ魔法陣ですか」

ラメットの剣には、剣にかけるべき魔法効果が一通り付与されていた。

折れたり欠けたりしにくくなる魔法。切れ味が落ちなくなる魔法。持ち主の魔力を通しやすくなる魔法。

かけられた効果自体には特色は無い。剣に付与する魔法効果としては、ごく普通のものでる。

「……弟子としては、どう思う？」

「そうですね。発想がそもそも現代魔法とは違いますね」

効果は同じでも、刻まれた魔法陣の種類が違った。

「ふむ？　つまりどういうことだ？」

「魔法に神の奇跡が混ざっていますね」

「神の奇跡か」「りゃむ？」

グイド猊下はユルングを優しい目で見つめる。

魔法と神の奇跡を融合させた技術で、ユルングは巨大魔道具のコアに取り込まれていた。

ユルングは魔法と神の奇跡の融合技術の被害者といってもいい。

「大王は聖女の祝福とおっしゃっていましたが……」

「まあ、祝福も奇跡も呪（のろ）いも同じようなものだ」

「はい、問題は、その奇跡の魔法陣、いや魔法陣と呼ばないのかもしれませんが、それとケイ先生の魔法陣が融合していることですね」

俺は大王から話を聞いて、剣を軽く調べたとき、別々に刻まれていると判断した。

だが、しっかり調べると、ケイ先生の魔法陣とシャンタルの奇跡の部分が混じり合っている。

連携というよりも、一部が融合していた。

「千年前からケイ先生と聖女は魔法と奇跡の融合を目指していたようですね」

「うーむ」

「この剣を作った数百年後、今から数百年前、ケイ先生と聖女は袂(たもと)を分かったみたいですが……」

「ならば、この剣にかけられた魔法と奇跡の融合術より、大賢者の理解している技術は数百年分進歩していると考えた方がよいだろうな」

いまケイ先生は魔法と神の奇跡の融合技術を積極的に使っていない。

だが、技術なのだ。使わずとも理解している。

「そのうえ、魔法単独でいえば、このときより千年分ケイ先生は技術を高めていますから」

「そして、卿は大賢者の弟子だ」

「その通りです。つまり猊下に頼ることになります」

俺の魔法技術はケイ先生に教えてもらったもの。

新たに俺が考えたとしても、ケイ先生の技術体系に属することになる。

それは、ケイ先生にとって、見破って対策するのは難くない。

「古竜の技術が、果たして大賢者に通じるか、自信は無いが……」

「そのようなことはないでしょう。猊下の技術はケイ先生の技術に引けを取らないと思います」

「ふふ、大賢者の弟子にそう言われると、お世辞でも嬉しい」

「お世辞ではありません」

「うむ。どちらにしろ、古竜の技術の方が、いくらかはましであろうな」

「はい」

「まずは、とことん解析するところからはじめるとするかのう？」

「それがよろしいかと」

俺とグイド猊下は徹底的に解析していく。

魔法構造とその理論と思想まで調べ上げていった。

「神の奇跡は……、魔力の通しやすさを向上させるために使われているのか？」

「恐らくですが、勇者ラメットの力を剣に流しやすくするためではないでしょうか？」

「なるほど。勇者の力は神の奇跡。ならば勇者の魔力の伝わりやすさを向上させるならば、奇跡の方が都合がいいか」

「そうですね。問題は、その部分をいじれないということですね」

勇者ロッテに持たせる剣なのだ。

勇者の力を流しやすくする効果は大切だ。

そして、俺もグイド猊下も神の奇跡は扱えない。

「神の奇跡の部分をいじらずに、他を改良するしかないか」

「はい。ケイ先生の部分は私が改良できますが、メインは古竜の魔法の付与になるかと」

「ふむう、どのような魔法がいいかのう？」「りゃむ～？」

グイド猊下と一緒にユルングも考えているかのように腕を組む。

「奇をてらいたいですね。正面からぶつかって勝てると思えませんし」

「奇をてらうか……、強烈な光を発する機能でもつけるか？」

初回は効果はあるかもしれない。だが、ひるむのは一瞬だ。

「それよりも、もっと刀身に魔力を通しやすくできませんか」

「ふむ？」

「前大王を倒した際、ロッテはただの剣に勇者の力を纏わせて聖剣にしました」

「ふむふむ」

「そして、聖女を倒した際は折れた刀身の代わりに結界で刀身を作り出しました」

「ふむ。魔力を通しやすくすることで、擬似的に刀身を伸ばす効果を持たせたいと」

「その通りです」

纏った勇者の力を刀身にして、刀身を擬似的に伸ばせれば、ケイ先生も驚くだろう。

ギリギリかわしたはずの一撃が届けば、致命傷になり得るかもしれない。

「だが、ラメットの剣で魔力の通しやすさを担っているのは、聖女の付与した奇跡だろう？」

「だからこそです。そこはケイ先生もいじってくるとは思っていませんから」

「ふむ?」

「現状、聖女の魔法陣を囲むように、ケイ先生の魔法陣が刻まれています」

「そうであるな」

シャンタルが刻んだ部分は魔法陣とは異なる。

魔法ではなく神の奇跡、祝福というべきものだからだ。

だが、面倒なので俺とグイド猊下は、便宜上魔法陣と呼んでいた。

「ケイ先生の魔法陣をいじることで、聖女の魔法陣に流れ込むロッテの魔力量を増やせばいいかなと」

「なるほど。聖女の魔法陣自体は変えずとも、流入量が増えれば出力が増えると」

「そうです。ケイ先生の魔法陣の外側に古竜の魔法陣を刻んで頂けば、更に出力を増やすことも可能でしょう」

「……いや、それはしない方がよかろう」

少し考えて、グイド猊下は首を振った。

「古竜の魔法陣は、いや古竜の魔法理論は出力を増加させることがそもそも得意ではないのだ」

「そうでした。古竜の方々は魔法出力の増加など必要ありませんからね」

「うむ。代わりに古竜の魔法理論に基づく隠蔽の魔法陣を刻むのはどうだ?」

「隠蔽ですか?」

「うむ。そもそも刻まれた魔法陣のどこが変わったのか大賢者が見てもわからなくすればよい」

そしてグイド猊下はにやりと笑う。

「古竜は出力増加は苦手でも、昔から隠蔽が得意なのだ」

「そうなのですか？　隠れるなど古竜のイメージにそぐわないのですが……」

「そうでもないぞ？　小麦やバターなどの食材を我ら古竜は人族の街で手に入れておるのだが、街で古竜の噂を聞いたことはあるか？」

「聞いたことがないですね」

古竜が街中を歩いていることに人々が気付いたら騒ぎになる。

民はともかく、近衛魔導騎士団などの防衛を担う魔導師連中は警戒と万一の対処のために動き出すだろう。

「であろう？　古竜の隠蔽魔法に気付ける人族などおらぬゆえな。それに、この王宮の存在も人族は知らないだろう？」

「たしかに、そうですね」

古竜の王宮は巨大だが、人族は気付いていない。

各国の諜報機関も、近衛魔導騎士団のような魔法の専門家集団もだ。

数千年、いや恐らく数万年前から存在しているというのにである。

「古竜が長年研鑽を重ねた魔法技術の真骨頂は隠蔽魔法にこそあるのだ。見ているとよい」

そう言って、グイド猊下は紙に魔法陣を描いていく。

「お、おお？　おお」「りゃ？　りゃあ」

俺は思わず声を出してしまった。

あまりにも見事な魔法陣だ。

そのうえ、人族の魔法理論とは全く違う体系だ。

「この魔法陣をどう思う？」

「見事としか言いようがありません。ケイ先生の魔法より上ですね」

「大賢者よりか？　そうか？」

「はい。つい先日、ケイ先生が隠蔽魔法を見せてくれたのですが……」

俺は別の紙に魔法陣を大まかに描いていく。

ケイ先生の使いでやってきたファルコン号が帰る際に使った魔道具のことだ。

「ケイ先生が従魔の鳥に持たせた隠蔽用魔道具が使われたのを見て、私なりに解析したものです」

「一回見ただけで、ここまで解析したのか？」

「同門ですから」

「なるほど。体系が同じだとここまで解析できるのか」

体系が同じだと構造や理論を見破られやすい。

だからこそ、古竜の魔法体系を使う必要があるのだ。

「これが、恐らくケイ先生の使う最新の隠蔽魔法です。これを……このようにして魔道具に組み込んで利用しているようです」

「……これはこれで素晴らしいな。古竜の魔法陣より消費魔力がずっと少ないのに効果はさほど落ちていない」

「はい、ですが、古竜の魔法に比べて隠蔽力は足りません」

ケイ先生の魔道具はファルコン号というけして小さくない存在をまるごと隠すために作られた。

小さくない存在を隠すならば、当然必要な消費魔力は大きくなる。

しかも魔石を使って長い時間動かさなければならない。

だから、ケイ先生の魔道具は消費魔力を徹底的に落とす工夫を施してあった。

「ですが、今回隠すのは、刀身に書かれた小さな魔法陣だけですから」

「もとよりさほど消費魔力は多くなり得ないか」

「その通りです」

「とりあえず、紙に描いてみよう」

「はい」

俺とグイド猊下は、改めてラメットの剣に刻まれた魔法陣を紙に写す。

それからシャンタルの魔法陣とそれを囲むケイ先生の魔法陣の外側に古竜の魔法陣を描いていく。

「ケイ先生の魔法陣はここをいじれば、連携がよくなりそうです」

いくら優れたケイ先生の魔法陣とはいえ千年前の技術である。

現在のケイ先生に師事した俺の目から見て改良すべき点がいくつかあった。

「なるほど、ならば古竜の魔法陣もこういじろうか」

俺とグイド猊下は相談しながら魔法陣を改良し、新たに描き込んでいく。

時間を忘れて描き込んでいる間、ユルングも真剣な表情でじっと見つめていた。

ユルングに見守られながら作業を進めて、魔法陣の設計図がついに完成する。

「これで、完璧の筈だが……」

「実際に刻んでみましょう」

「そうだな、こればっかりは実際に刻んでみないことにはな」

まず、俺がケイ先生の魔法陣をいじっていく。

それが終わると、古竜の隠蔽魔法陣をグイド猊下が刻んでいった。

グイド猊下が魔法陣を刻む手法は繊細で、それはもう見事なものだった。

「これでよしと……卿からみてどう思う？」

「目をこらしても魔法陣が全く見えません」

「卿にも見えないならば、安心だな」

「絶対安心とは言えませんが。何しろ相手はケイ先生です」

「………そうだな」

グイド猊下は、改造を終えたラメットの剣を鞘に収めた。

「ケイ先生を倒すには、まだ足りないと思いますが……」

俺がそう呟くと、

「卿は師を殺す方法を何の躊躇いもなく考えられるのだな」

少し寂しそうにグイド猊下が言う。

それは、俺を責めているのではなく、むしろ同情しているかのような口調だった。

「躊躇いがないわけではありませんが……。万が一、大魔王になることがあれば、倒さねばなりませんし」

そうしなければ、ケイ先生が苦しみ続けることになる。

俺たちを含めた人族も滅びるだろうし、古竜にも大きな被害が出るだろう。

「卿は強いな。人族はこういうとき、目をつぶり耳を覆うものが多いと思っていた」

望まぬ未来が訪れるか訪れないかわからないとき、口にせず思考にものぼらせず、起きないと思い込むのが楽だろう。

「考えなければ、起こらないならば、考えませんが……」

実際には俺の考えなどに関わりなく、起こるときは起こるし、起こらないときは起こらない。

神にとって、俺の考えなどどうでもいいのだ。

「ならば、起こったときに備えるのは当然です。それに……」

「それに？」

「実際に手を下すことになるのは、恐らくロッテです。師である私が狼狽してどうなるのでしょう？」

万が一、ケイ先生が大魔王になるようなことがあれば、ロッテはきっと動揺する。

そのとき、冷徹に振る舞うのが、ケイ先生の唯一存命している直弟子であり、ロッテの師である俺の義務だ。

ロッテの前では、大魔王たるケイ先生を殺すことが絶対に正しいことであると振る舞わなければならない。

「……そうであるな。師がうろたえていれば、弟子も動揺するであろうし」

そして、グイド猊下は俺の目をまっすぐに見た。

「卿は正しい」

「……ありがとうございます」

「うむ」

グイド猊下は、元気づけようとするかのようにパシパシと俺の肩を叩(たた)く。

「さてさて！　卿の弟子に作った物を見せに行こうではないか！」『りゃ！』

空気を変えるためか、グイド猊下の声は明るかった。

ユルングも元気に鳴いている。

「そうですね。テストが終わらないと完成とは言えませんし」『りゃむ』

俺は魔法の鞄(マジック・バッグ)に成果物を入れていく。

「お、それがかの高名な魔法の鞄であるな？　見せてくれぬか？」

「もちろん構いません」

俺は魔法の鞄をグイド猊下に手渡した。

「お～」『りゃ～～』

「どうでしょう？」

魔法の鞄は中の空間をいじって、容量を拡大し、重い物を入れても重量が変わらない鞄である。

「さすがは、天才と名高いヴェルナー卿。見事なものだ」

「ありがとうございます。ですが技術的にはさほど特殊なことをしているわけではありませんが」

「いや充分特殊だ。そのうえ、その技術の使い方が凄(すご)い。わしでは万年考えても思いつかぬ」

そして、グイド猊下はガハハと笑った。

「勉強になった、ありがとう」

「いえ」

俺はグイド猊下から魔法の鞄を受け取った。

グイド猊下は、ロッテたちのいる訓練場に向かってゆっくりと飛びながら、呟くように言う。

「包み隠さず言うと、古竜の方が基本的な技術は人族より上だと思っておる」

「私もそう思います」

「だが、人族には稀(まれ)に時代を変えうる天才が生まれる。五千年前の大賢者とその弟子。当代の大賢者、聖女。そして卿」

「私はそのような方々に並ぶようなものではありません」

「謙遜するでない……いや、言っても詮(せん)なきことか……」

グイド猊下の声は、後半ほど小さくささやくようになった。

「なんのことでしょう?」

「なんでもない」

グイド猊下は優しい目で俺を見ていた。

その後、グイド猊下に訓練場へと案内してもらった。

訓練場は、作業室より二倍ぐらい広かった。

巨大な古竜が訓練するのだから、当然広さが必要なのだ。

そんな広い訓練場の真ん中で、ロッテとコラリーが寝ていた。

汗だくで、床に横たわり、荒い息をしている。

「大丈夫か？」

「あ、お師さま、お見苦しいところを」

「……だいじょうぶ」

ロッテは慌てて立ち上がり、コラリーは床に横たわったまま返事をする。

寝ているコラリーの上に、ユルングが「りゃあ～」と鳴きながら飛んでいく。

ユルングと入れ替わるように、二人の近くにいたハティが俺の前に飛んでくる。

「さっきまで二人とも激しい訓練をしていたのじゃ」

「そうか。ハティもお疲れさま、ありがとう」

「ハティは何もしてないのじゃ！」

二人の様子を見たグイド猊下は、ゆっくりと飛んで二人の頭を撫でる。

「王女殿下もコラリー殿もお疲れのようであるな」

撫でた後、そう言って俺の方を見て微笑んだ。

グイド猊下は単に撫でたわけではなく、魔力の流れを見たのだろう。

「そうですね、性能テストは後日の方がよいかもしれません」

「ではそうするか」

「わざわざ、ご足労をおかけしましたのに」

「いや、気にするな！　万全の状態でなければ、テストの意味がないゆえな」

そう言うと、グイド猊下は去っていった。

その背に俺は頭を下げる。

一緒に作業した時間は数時間にすぎない。

だが非常に多くのことを教えてもらったと思う。

第六章 訓練の日々

頭を下げる俺を見て、ハティが首をかしげた。

「どうしたのかや？　じいちゃんに頭なんか下げて」

どうやらハティはグイド猊下のことをじいちゃんと呼んでいるらしい。

だが、血縁関係があるとは限らない。

基本的にハティは長老衆のことをじいちゃんばあちゃんと呼んでいることが多いのだ。

「グイド猊下には、本当に色々と教えてもらったからな」

「ふむ～。そうなのかや？　主さまに教えられるとは、じいちゃんも大したものなのじゃ」

「猊下は本当に凄い方だよ」

「ほー」

ハティは気のない返事をしながら俺の肩に乗った。

「ハティ、二人の特訓はどうだった？」

「うん。二人とも頑張っていたのじゃ。ロッテも速く動けるようになったし、コラリーの魔法の威力も上がっていたのじゃ」

「なるほど、なるほど」

そしてハティは声を顰めて言う。

「コラリーは力加減ができないのかや？」

「危ない場面があったか？」

「あったのじゃ。ハティが止めたから怪我しなかったのじゃが……」

訓練場に行く前、ハティにはロッテに攻撃が当たりそうなら防いでほしいとお願いしていた。

「ありがとう。止めた後は？」

「もちろん、ハティは危ないから少し威力を落とせといったのじゃ。でも、コラリーは威力を落とさずに、むしろ威力あげたのじゃ……」

ハティは心配そうな表情を浮かべている。

コラリーがロッテに含むところがあるから、意地悪をしているとはハティは思っていない。

単に力加減が下手すぎることを心配しているらしい。

「すまない。説明が足りていなかったな」

「む？」

ハティは首をかしげている。

前回二人で訓練をさせたとき、ハティは古竜の王宮に戻っていた。

だから、ロッテが勇者だと、ハティはまだ知らない。

そして、勇者だから、ギリギリに追い込むと成長することもまだ知らないのだ。

「コラリーの攻撃の仕方は俺の指示なんだ」

「なんと？　危険なのじゃ」

「ハティに説明しなかったのは俺のミスだ。あとでしっかり説明させてもらうよ」

「わかったのじゃ」

「よし、今は二人を部屋まで運ぼうか」

「任せるのじゃ！」

いまだに汗だくで横たわっているコラリーを、俺は抱き上げる。

「……歩ける」

「そうか？」

俺はコラリーを床に降ろした。

「……ヴェルナー。私と特訓」

「今はだめ」

「……」

「休むときは休まないと」

「……わかった」

「ロッテもだよ」

素振りを始めようとしていたロッテに釘（くぎ）を刺す。

「は、はい！」

そして、俺たちはゆっくりと客室に向かって歩いて行く。

古竜の王宮は広いので、しばらく歩く。

部屋に着くと、ロッテとコラリーを風呂に送り出して、俺はハティと話をする。

「さて、ハティ。これは大王とグイド猊下とケイ先生しか知らないことなんだが」

「ほむ？」『りゃむ？』

俺が声を潜めて言うと、ハティとユルングが首をかしげた。

「ロッテは勇者だ」

「………む？」『む』

「ロッテも知らないことだから、内緒にな」

「そ、そうじゃったのか……！」『りゃ……！』

どうやら、ハティは気付かなかったらしい。

大王やグイド猊下はロッテが勇者だと見抜いたが、それは古竜の中でも特別なことだったのかもしれない。

「そうなんだ。それでだな、どうやら勇者というのは――」

「ほうほう」『りゃむりゃむ』

俺はハティに勇者は生命の危機を感じるまで追い込まれると一気に成長するらしいと言うことを教える。

ハティの横では、ハティの真似をするかのように真剣な表情で頷きながら、ユルングが聞いていた。

どうやらユルングは古竜の真似をするのが好きなのだろう。

「ユルングも内緒だよ」

「りゃあ！」

「だからこそ、コラリーにはギリギリを攻めるよう頼んであるんだ」

「？　コラリーは勇者だと知っているのかや？」「りゃ？」

「……コラリーは知らないな」

「どうしてなのじゃ？　ロッテに教えないのはわかるのじゃが……」

ロッテに教えない理由は単純だ。

勇者という存在は、世界を救う存在なのだ。

まだ世界を双肩に担うには、ロッテは若く未熟すぎる。

勇者だと教えたら、そのプレッシャーで押しつぶされてしまうかもしれない。

「ふむー」

「コラリーは……嘘をつくのが苦手だろうし」

「だから、ハティもユルングも内緒にしてくれ」

「わかったのじゃ！」「りゃ！」

ハティは尻尾を揺らす。

「ハティもロッテを鍛える手伝いをするのじゃ！」

「ああ、頼むよ」

そんなことを話していると、ロッテとコラリーが風呂から上がってくる。

入れ替わる形で、俺とユルング、ハティは風呂に入った。

「入浴は今日二回目か？」

「そうかもしれぬのじゃー」「りゃー」

湯船に入ると、ハティとユルングは器用に泳ぐ。

「風呂に入った方がゆっくり眠れるし」

「りゃむ！」

「ユルング、お風呂のお湯を飲むんじゃないの」

「りゃ～」

「あとで、お水飲もうね」

「りゃむ」

その後、俺たちがお風呂から上がると、ロッテとコラリーはもう眠っていた。

訓練でとても疲れたのだろう。

俺はユルングにお水とご飯を食べさせてから、眠りについた。


次の日の朝。起きると、侍従が部屋に朝食を持ってきてくれた。

朝食をとりおえると、ほぼ同時に小さな姿の大王がやってくる。

「ヴェルナー卿、武器と魔道具の改良を済ませたそうだな。早いではないか」

「ほとんど猊下のお力です」

「謙遜はよい。猊下も褒めておったぞ！」

「ありがとうございます。大王、ご覧になりますか？」

「おお、ぜひ見せてくれ」

俺は机の上に武器と魔道具を並べる。

俺用の剣とロッテ用のラメットの剣、そしてコラリー用の魔道具だ。

「ほう？　ほうほう？　実に素晴らしい」

大王は満足そうに頷いて尻尾を揺らす。

「どうじゃ？　主さまは凄いであろ！」

ハティが自慢げに言う。

「ああ、凄いな。テストはこれからとか？」

「はい。今日からテストをして、問題が無ければ終了です」

「問題が無いことと、使いこなせるかどうかは別であろう？」

「もちろんそうですが……」

すると、大王は嬉しそうに笑顔を浮かべる。

「ならば、当面の間、王宮で訓練するのがよかろう」

「ありがとうございます。しかし……」

「ヴェルナー卿。本当に遠慮しないでくれ」

大王はそう言ってくれているとはいえ、あまり長く逗留したら迷惑になるかもしれない。

そう思ったのだが、大王は俺の耳に顔を寄せて呟くように言う。

「建前ではないぞ。ヴェルナー卿が帰ってしまえば、娘と妹も一緒に帰ってしまうであろう？」

「それは、まあ、そうなると思います」

「娘の方もいてくれたら嬉しいものだが、それ以上に赤子の妹が帰って行くと寂しくてな」

そう言って大王は笑う。

「とはいえだ。古竜の寿命は長い。赤子の期間も長いし、何か用があれば引き留めはしないが……」

「りゃ～」

大王は寂しそうにユルングの頭を撫でている。

「何こそこそ話しておるのじゃ！」

「いや、なに。遠慮せずにいくらでも滞在してくれと言っただけのこと」

「そうかや～」

俺は大王に尋ねる。

「あの、ケイ先生は？」

昨日、ケイ先生は大王と話があると言っていた。

「ああ、大賢者はお帰りになったぞ」

「そうでしたか」

きっと、ケイ先生はロッテの武器や戦い方を知ってしまうことのないようにしたのだろう。

その後、俺たちは訓練場へと移動した。

ロッテ、コラリーとユルング、ハティと大王も一緒である。

大王はユルングを抱っこして、ご機嫌だ。

「ユルングは可愛いなぁ～」

「りゃむ！」

「ユルングはハティが抱っこするのじゃ」

「む？　ハティはいつでも抱っこできるであろう？」

「そんなことないのじゃ！」

父子に取り合いをされているユルングはご機嫌に尻尾を揺らしている。

最初、俺以外に抱っこされるのを嫌がっていたのに、ユルングも成長したものである。

古竜は人族より成長が遅いとは言うが、それでも赤子は成長が早い。

嬉しい気持ちと同時に、少し寂しく感じた。

そんな思いで歩いている間に、訓練場に到着する。

「待っておったぞ！」

広い訓練場の中央辺りに、小さなグイド猊下が浮かんでいた。

「お待たせしました」

グイド猊下の元まで、俺たちは小走りで駆け寄った。

「よいよい」

「猊下、私たちのためにありがとうございます」

「……ありがと」

「王女殿下もコラリー殿も、気にしないでくだされ。魔導師として、魔道具師として、とても楽しいゆえな。なあ、ヴェルナー卿」

「そうですね。テストも、煩わしいというより楽しいですね」

「うむうむ。ドキドキするしのう！」

グイド猊下は嬉しそうに尻尾を揺らした。

それから俺はロッテにラメットの剣を手渡した。

「まずはロッテにラメットの剣だ」

「気配が変わりましたね」

ラメットの剣を一目見てロッテが呟いた。

「見た目ほどには変わっておらぬぞ？　多少魔力を通しやすくしているぐらいである」

「改造した魔法陣を、グイド猊下の隠蔽の魔法陣で隠してあるんだ」

「……なるほど」

「魔力の消費量が増えて疲れやすくなっているから気をつけてな」

「はい」

ロッテは、少し俺たちから離れて剣を素振りする。

「次はコラリーだ」

「……うん」

「三つの魔道具を組み合わせた。この部分が魔力を集める機構、ここが出力の増加、そして、ここが障壁を発生させる機構だ」

「……すごい」

コラリーは目をキラキラさせて、左腕に魔道具を装着する。

「……いい感じ」

「コラリー殿。わしとテストしようではないか」

「……猊下と？」

「うむ。あちらに移動して、わしに向かって思いっきり魔法を撃ち込むがよい」

「……死なない？」

「ふはははは！　頼もしい限り！　わしを殺せるならば、想像以上の成果であろう。……だが、殺したら不味(まず)いと思って本気を出せなければ困るな」

そう言うとグイド猊下は俺を見て、ハティを見て、最後にユルングを抱く大王を見た。

「陛下。殿下を置いて付いてきてくださらぬか」

「む？」

「コラリー殿の魔法が想像以上に強かったとき、防ぐ役割を持つ者が必要ですからな」

「それはハティでも……」

「いやあ、何事も余裕があった方がよろしいでしょう」

「……やむを……やむを得ないか」

大王は寂しそうにユルングをハティに手渡した。

ハティにユルングを渡した後も、大王は未練たらたらだ。

「……ユルングを頼む。くぅ」

「安心してハティに任せるのじゃ。ユルングは可愛いのじゃ」

「りゃ～」

ユルングを抱っこしてハティは上機嫌に尻尾を振っている。

そして、大王は今生の別れであるかのように、数回振り返りながら、グイド猊下とコラリーと一緒に移動していった。

「陛下は、よほどユルングを抱っこしていたかったのですね」

「年の離れた妹は可愛いからなぁ」

俺は妹ルトリシアを思い出しながら、ハティに抱っこされたユルングの頭を撫でた。

——ドォォォン
そしてすぐにコラリーたちがテストを開始した。

コラリーは魔道具を使って、強烈な攻撃魔法をグイド猊下目がけて放つ。

その魔法を、グイド猊下はあっさりと障壁で防ぎきった。

「おお、期待通りの威力は出せているな」

「コラリーの魔法、あっさり防がれてますが……」

「そりゃあ、グイド猊下は強い古竜だからな」

グイド猊下は古竜の長老。

強力無比な古竜という種族の中でも特に強い古竜なのだ。

魔法一撃で、倒せるような相手ではない。

俺やケイ先生でも、魔法一撃で倒すのは非常に難しいだろう。

防がれるのは当然である。

「今出しているコラリーの攻撃魔法の威力は充分だよ」

ケイ先生であっても、今のコラリーの攻撃魔法は厄介なはずだ。

「あとの問題は持続力かな？」

「コラリーは私よりずっと強そうです」

「まあ、育った環境が違うし」

コラリーは殺し屋として幼少期からしごかれている。

脱落すれば死という環境で、徹底的に鍛えられたのだ。

王女であるロッテとは違う。

「ロッテの役割は、コラリーとは違うよ。近接担当と魔法担当は単純には比べられない」

「そうですね」

「それはそれとして、コラリーに負けないぐらい激しい訓練をはじめようか」

「わかりました」

俺はロッテから距離を取って、ユルングを抱くハティに声をかける。

「ハティ、ユルングのことはお願い」

「わかったのじゃ！」『りゃ〜』

ハティが離れるのを確認してから、

「ロッテ、剣を使って掛かってきなさい。殺す気でな」

「はい！」

ロッテは一気に間合いを詰めると剣を振り抜く。

前に訓練したときよりも相当速くなっている。

シャンタルと前大王との戦いを経て成長したのだろう。

「いい動きだ」

俺は剣をかわして、攻撃を仕掛ける。

以前のロッテがぎりぎりかわせたであろうタイミングで魔法を飛ばす。

「しぃっ！」

ロッテは息を吐くと同時に、剣で俺の魔法を切り捨てて、再度俺に迫る。

やはり、以前辛うじてかわせたタイミングは、余裕でかわせるタイミングになっているようだ。

「いいぞ。その調子だ」

俺は剣をかわし、速度を上げた魔法を撃ち込んだ。

体勢を崩しながらも、かわしたロッテに、更に魔法を撃ち込んでいく。

そして徐々に、撃ち込む魔法の速さを上げていく。

ロッテの訓練は、いかに追い込むかに掛かっている。

俺は慎重にロッテがかわせるギリギリを見極めながら、速度を上げていった。

ロッテは息を荒らげ、汗だくになり、床を転がりながら魔法をかわす。

「ロッテ、もっと工夫して剣を使え」

俺は魔法攻撃を少しだけ緩めて、声をかける。

「く、工夫ですか」

「ああ。聖女戦で結界を剣に纏わせただろう？」

「っ！　は、はい。ぃっ！」

床を転がり、俺の魔法をかわしながら、ロッテは返事をした。

「あれはよかった。そのラメットの剣ならば、結界発生装置を使わなくても似たようなことができるはずだ」

「にっ、似たっ、ようっ、なっ？　とはっ！」

「前大王にとどめを刺したときと同じだ。魔力を剣に流せ。それで似たことができる」

「はっはい！」

正確には魔力ではなく、勇者の力、剣を聖剣たらしめる力である。

だが、ロッテには魔力だと思わせておいた方がいい。

「はあああ！」

ロッテは俺の攻撃をかわし、剣に勇者の力を纏わせて、攻撃を仕掛けてくる。

その剣を俺はかわす。

勇者の力を纏って聖剣と化した剣を防ぐことは難しい。

聖剣は、頑強な障壁だろうと容易く切り裂くだろう。

「力を纏うのが早すぎる！」

「はい！」

「当たる瞬間にだけ、力を込めればいい」

「は、はい！」

俺はロッテの剣をかわしつつ、魔法攻撃を仕掛け続けた。

ロッテは、俺の指示を聞きながら、急速に強くなっていった。


訓練を初めて数十分後。

「うおっと」

突然、ロッテの振るった剣が伸びた。

かわしきれずに俺の服が切れる。

ロッテは、込めた力を使って擬似的な刀身を作ったのだ。

「見事！」

「…………」

俺は褒めたが、ロッテは立ったまま気絶していた。

「ロッテは大丈夫なのかや？」「りゃ～」

ユルングを抱っこしたハティが駆け寄ってくる。

「魔力切れだな。初めてではないし、心配はいらないよ」

以前も魔力が切れて気絶したことがあった。

だが、そのとき、ハティは留守にしていたのだ。

初めて、立ったまま気絶するロッテを見たら心配にもなるだろう。

俺はロッテが転倒しないよう優しく床に寝かせる。

「……すー」

ロッテは静かに寝息を立てていた。

「……魔力が尽きるそのときまで動けるとは、さすがは勇者ラメット直系の子孫であるな」

いつの間にかコラリーとの訓練を終えていたらしいグイド猊下が言う。

その横にいる大王も頷いていた。

先代勇者ラメットも、ロッテ同様に魔力が尽きるそのときまで動けたのかもしれない。

「……ロッテは凄い」

大王とグイド猊下の隣で三角座りしていたコラリーが感心している。

「猊下、いつから見ておられたのですか？」

「んー。十分前ぐらいであろうな」

「どう思われましたか？」

あくまでも訓練はおまけ。メインはラメットの剣に施した魔法の試験である。

「申し分ないな。我らの施した魔法は充分に機能しておる。それに王女殿下も上手く使いこなしておった」

「そうですね、私もそう思います。コラリーの魔道具はどうでしたか？」

「よかったぞ」

「……とてもいい。強い魔法が撃てる。障壁も頑丈」

コラリーはふんふんと鼻息荒く、そう言った。

「疲れやすさは？」

「……いつもより疲れないぐらい」

ぐっと魔道具をつけた左腕を前に出す。

「ならばよかった。改善してほしいところは？」

「……特にない」

「猊下の目から見て、改善すべき点はありませんでしたか？」

「わずかにだが、魔力の流れが滞るところがあってだな」

「それは調整しましょう」

「調整は難しくはあるまいよ。あとは使っているうちに慣れるであろうな」

「……うん、慣れる」

俺は話しながら、ロッテに魔力を与えていく。

「ヴェルナー卿、何をしておるのだ？」

「これですか？　魔力が枯渇したロッテに魔力を分けているんですよ」

「……ほう？　あ、魔力が枯渇する病を治す魔道具と同じことをしているのか？」

「そうです」

「だが、卿は魔道具を使っていないではないか」

「魔道具がなくても、このくらいはできますよ」

「とても、信じられぬ」

グイド猊下はそう呟いて大王を見る。

「猊下、我ら古竜は魔力の調整は苦手ですから」

「いや、人族はたしかに我らより繊細な調整は得意であろうが、そんなことできるものなのか？」

「実際、ヴェルナー卿がやってみせているのだから、できるのでしょう」

「主さまは凄いのじゃぞ！」

「はっ！　また気絶してました！」

そんな古竜たちが驚いている間に、ロッテに魔力を与え終わる。

するとすぐにロッテは目を覚ました。

「おはようロッテ。急に動くな」

「申し訳ありません。魔力を分けてくださったのですね。またご面倒をおかけして……」

「気にするな」

するとグイド猊下が飛んできて、ロッテの額に手を置いた。

ハティに抱っこされていたユルングも、ロッテの頭の上に飛んできた。

ユルングなりに心配しているのかもしれない。

「おお、本当に回復しておる」「りゃ～」

そして、大王に向かって振り返る。

「ほ、本当に目を覚ましたぞ。この目で見ても信じられぬ」

「人族は……いや、人族でも同じことをできる魔導師はそういないでしょうな」

グイド猊下と大王がボソボソと囁いている。

「人族にはいますよ。数は少ないですが魔法医師と呼ばれる者たちが得意とする施術です」

「お師さま、魔法医師は大陸に数人しかおりませんし。魔力が枯渇する事故や病気の治療は数か月掛けて行うものですから」

「それは、まあそうなんだが……」

「……ヴェルナーが異常」

コラリーまでそう言って、うんうんと頷いた。

それを聞いて、

「そうか、異常だったか」

「であろうな」

大王とグイド猊下はほっとした様子で息を吐いた。


その後、俺とグイド猊下は、目を覚ましたロッテにラメットの剣の使い心地を尋ねた。

「とても使いやすいのですが、魔力を流すときに少し抜けるような感覚が」

「ほう？　詳しく聞かせてくれぬか？」「りゃ？」

「はい。こう、魔力を込めたときに――」

ロッテは魔力を察知する感覚が鋭敏らしい。

わずかな魔力効率のロスも感じ取って教えてくれる。

「ヴェルナー卿、再調整だ！」

「はい！」

俺とグイド猊下が訓練場の端で作業を始めようとすると、

「問題が見つかったのに、主さまもじいちゃんも、なんで嬉しそうなのじゃ？」

ハティが尋ねてくる。

「問題が見つかったということは、魔道具を改善できるのだ。嬉しいであろう？」

「わかんないのじゃ！　主さまもそうなのかや？」

「そうだね」

「そうなのかや」

首をかしげるハティに見守られながら、俺はグイド猊下と一緒に剣と魔道具の調整を進めていく。

「あー、ここの構造で、わずかにロスが発生しているみたいですね」

「完璧だと思ったのだが、やはり実際に使ってみないとわからぬことはあるのう！」

グイド猊下と行うラメットの剣とコラリー用魔道具の調整はとても楽しかった。

それから、ロッテとコラリーの訓練をし、ラメットの剣と魔道具を調整するという日々を過ごした。

ロッテは午前と午後、一日に二回気絶した。

コラリーも魔道具の扱いが上手くなり、ロッテを簡単に追い詰めることができるようになった。

二人とも訓練の合間に、古竜の神官ゲオルグによる回復魔法を受けて肉体の疲労を癒した。

魔力は俺が分け与え、連日、限界まで激しい訓練を続けたのだった。

そんな過酷で、しかしある意味では長閑な日々は二週間後、実家からの緊急連絡で幕を閉じた。

第七章 辺境伯家領

訓練を開始してから二週間後の朝。

訓練場に移動して、今まさに訓練を開始しようとしていると、俺の長距離通話用魔道具が作動した。

『ヴェルナー、聞こえるか？』

それは、俺の父であるレナード・シュトライト辺境伯の声だ。

俺は近くにいる大王とグイド猊下に一言断ってから、長距離通話用魔道具に語りかける。

「……父上。珍しいですね。どうされましたか？」

実際に父と言葉を交わしたのは三年ぶりだろうか。

『忙しいゆえ、簡潔に伝える。帝国が我が領に向けて兵を動かしている』

「父上、私の助けが必要ということでしょうか？」

父の真意がわからない。

侵攻があったからといって、俺に伝える必要はないのだ。

『そなたの力は必要としておらぬ。国境線を守るのは常のこと。いつも通り対処するだけだ』

「ならばなぜ、連絡を？」

『そなたの師、大賢者殿が、次に侵攻があれば必ずヴェルナーに伝えろとおっしゃられたからだ』

「それは一体、どうして？」

『しらぬ。たしかに伝えたぞ』

父が会話を打ち切ろうとするので、俺は慌てて止める。

「お待ちを。ケイ先生がそうおっしゃられたのは、いつですか？」

『三日前だ』

「三日前ですか。ずいぶんと直近ですね」

『なにか情報を得たのだろう。私は忙しい。そなたはそなたがすべきだと思うことをするがよい』

そう言って通話が切れた。

ケイ先生が俺に伝えろと言ったのならば、状況はわかる。

ガラテア帝国の侵攻は、ケイ先生の本体の封印を破るためのものだ。

少なくとも、ケイ先生はそう考えている。

ならば俺がすべきことは一つしかない。

「大王、猊下。申し訳ありませんが、実家に帰らねばならなくなりました」

「それはどうして……」

グイド猊下は理由を尋ねようとしたが、

「……それがよかろうな」

大王がそう言って頷いた。大王はケイ先生から事情を聞いていたのだろう。

「ふむ。そうか。訓練を役立てるときが来たか」

大王の答えで、グイド猊下も状況を察してくれたらしい。

グイド猊下は魔導師としても超一流だ。

古竜の王宮を訪ねたケイ先生が本体ではないことすら気付いていてもおかしくない。

そして、俺と父の会話と大王の反応で、ケイ先生の本体の場所まで推測したのだろう。

「あの、お師さま……」

ロッテは、戸惑った様子で、鞘に納められたラメットの剣を握っている。

「ああ、ロッテ。それにコラリーも。とりあえず、俺は辺境伯家領に向かわねばならなくなった」

「私も同行いたします」

「……私も」

俺は少し考える。

問題は、ケイ先生が得た情報が正しいのかどうか、である。

「ここで考えていても仕方ないいか」

「お師さま」

「そうだな。付いてくるかどうか決める前に、教えなければならないことがある」

情報はなるべく開示するべきなのだ。

状況がわからなければ、簡単に罠にはまりかねない。

例えば、ケイ先生が自ら封じられていることを知らなければ、敵がケイ先生を閉じ込めたと誤解するかもしれない。

そのように誤解するように、敵の手の者が、ロッテとコラリー、ハティを騙すかもしれない。

敵の罠にはまらないためには知識が必要なのだ。

もちろん、情報を与えないことで漏れることを防ぐというのも有効な防衛手段ではある。

だが、敵が動いているということは、既にある程度、情報は漏れていると考えるべきだ。

この状況で、情報を出し惜しみするなど、敵に塩を与えるようなものである。

「大王と猊下はご存じかもしれませんが……」

そう前置きすることで、大王とグイド猊下にも聞いておいてほしいと伝える。

この場にいるのは俺、ロッテ、コラリー、ハティ、大王とグイド猊下、それにユルングだ。

全員、知っておくべきことだ。

「まず、この前訪れたケイ先生は本物ではありません」

「え？　それは一体——」

驚くロッテの疑問の声を手で制して、俺は説明を続けた。

古竜の王宮を訪れたケイ先生は擬体であること。

本体は神の手から逃れるため、辺境伯領に封印されていること。

そして、恐らく敵が、封印場所に気がついたらしいと、ケイ先生が考えているらしいこと。

俺の説明をみんな静かに聞いていた。

「ということで、ロッテ、コラリー。俺に付いてくるならば、ケイ先生の封印を守って戦うことになる」

「もちろん戦います！」

「……うん」

そう答えることは予想通りだ。

「そして、封印が破られた場合は、ケイ先生を殺すために戦うことになる」

「「………」」

「ロッテとコラリーはまだ訓練の途中だ。ここで訓練を続けるのもありだろう。逃げとは思わん」

その言葉は俺の本心ではない。

本当は封印に何かあれば、ロッテとコラリーにはいてほしい。

たった二週間しか訓練できていないが、ロッテは驚異的に強くなった。

コラリーも充分強い。

戦力として頼りになる。

だが、ここで訓練を続ければ、今より強くなるのも間違いない。

そして、強くなればなるほど、生存可能性も高まるのだ。

「ロッテ、コラリー。俺だけで戦力は充分だ。ハティには送ってもらわないと困ってしまうが」

「もちろん、ハティは一緒に行くのじゃ」

「ありがとう。ロッテとコラリーは、好きにしなさい」

いつ戦場に出るのか、それを決めるのはロッテとコラリー自身であるべきだ。

ロッテはまっすぐ俺の目を見て言う。

「お師さま。私はおばあさまに頼まれました。万一の時は頼むと。だから行きます」

「そうか。ありがとう」

「……私も戦う」

コラリーは言葉少なに、だが力強く言った。

「そうか、コラリーもありがとう。ユルングは……」

「りゃむ」

「大王、ユルングをお願いできますか？」

「ん？　朕も行くつもりだが？」

「え？」

「え？　ではない。万一のことがあらば、古竜とてただでは済むまい。それに古竜の君主には古竜の君主の義務がある」

大王が同行してくれるならば、断る理由はない。

「ありがとうございます。心強いです」

「うむ」

「問題はユルングを……」

「リャ！」

俺はユルングを戦場に連れて行くのはどうかと思うのだ。

だが、ユルングは絶対に離れないと意思表示するかのように、俺にしがみついている。

「グイド猊下。ユルングをよろしくお願いいたします」

「……うむ」

俺はしがみつくユルングを引き離して、グイド猊下に手渡した。

「リャ！　リャ！」

「ユルング。いい子にしているんだよ」

「リャアアアアア！」

ユルングは悲鳴に近い泣き声をあげて、俺に向かって両手を伸ばす。

「なるべく早く戻ってくるからね」

「リャアアアアアッ！」

これが今生の別れであるかのように、ユルングは泣きわめく。

俺も離れがたく思うが、連れて行くわけにはいかないのだ。

「ユルング、いい子で待っているんだよ」

俺はユルングを優しく撫(な)でる。

その間に、ロッテたちは素早く準備を進めていく。

俺も防寒具を身につけ、剣を魔法の鞄(マジック・バッグ)に入れた。

五分後、ロッテたちの準備が終わる。

ユルングと、ユルングを抱くグイド猊下に見送られ、俺たちは辺境伯領に向けて出発した。

「リャアアアアアァァァァァ！」

最後まで、ユルングは泣いていた。


俺たちの少し前を先導しながら飛んでいる大王が呟く。

「何というか……胸が苦しくなるな。連れて行けないとはわかっているが、ああも泣かれるとな」

全くの同感だ。

「はい。なるべく早く帰れたらいいのですが」

「たまには親から離れて過ごすのも、古竜の赤子の成長にとっては必要ではあるのだが……」

「そうなのですか？」

「うむ。古竜は親にべったりであるゆえな。……古竜の竜生は長い。一頭でも生きていけなければならぬ。親はいつ死ぬかわからぬのだ」

「そうですね」

「朕も、これほど早く母が死ぬとは思わなかったのだ、ユルングは……本当に可哀想だ」

大王とユルングの親である前大王は死んでしまった。

古竜の寿命から見れば、極めて早逝といっていいだろう。

「ちなみにハティの場合は十歳ぐらいで三日ほど朕が離れた」

「覚えているのじゃ。ハティは賢くて成長の早い子だったゆえ聞き分けがよかったのじゃが……ユルングは、まだ赤ちゃんだから仕方ないのじゃ」

「いや？　今のユルングに負けないぐらい泣きわめき、泣きわめきすぎて、大小便をもら――」

「父ちゃん！　そんなことはどうでもいいことなのじゃ！」

ハティが可哀想なので聞かなかったことにした。

「古竜の赤子にとって、親からしばらく離れることが成長につながると聞いて少し楽になりました」

「そうであるな。今、王宮には古竜が多く集まっておるし、ユルングも交友を広げるいい機会であろう」

「……寂しい」

そう言ってコラリーは、ユルングがいつも抱きついている俺のお腹を撫でる。

「そうだな、寂しいな」

「ユルングにお土産を持っていってあげましょうね」

ロッテもどこか寂しそうに言った。

辺境伯領へ飛んでいる間、皆、ユルングのことを考えているようだった。

ガラテア帝国にある古竜の王宮からラインフェルデン皇国の国境沿いにある辺境伯領はそれなりに遠い。

だが、ハティの背中に乗れば、そう時間はかからない。

いつものように結界発生装置で作った結界に包まれて、ハティと大王は高速で飛んでいく。

もう少しで辺境伯領に到着するというとき、ハティが言った。

「主さま、主さま！　あれが侵攻しているガラテア帝国軍かや？」

「ん？」

ハティに言われて下を見る。

眼下には沢山の兵隊が歩いていた。

「恐らくそうだな。二万、いや三万ぐらいか？」

全てが戦闘員ではないだろうし、そもそも、多いので正確な数の把握は難しい。

「三万って多いのかや？」

「多いな。この規模の侵攻はここ十年はなかったからな」

「……上から炎でも吐くかや？」

もしハティが攻撃を仕掛けてくれるなら、実家は大いに助かるだろう。

「必要ないよ。ありがとうハティ」

「ハティ。我ら古竜が人族の争いに手を出すのは、あまりよいことではないのだ」

大王の言う通りだ。

古竜は強すぎる。特に対軍隊となれば、数十万の兵に匹敵するだろう。

だからこそ、協力を仰ぐのは慎重になるべきなのだ。

「わかったのじゃ」

「とはいえだ。今回は特別だ。ユルングに対する報復をおこなわねばならぬ」

「大王、報復なさるのですか？」

俺は驚いて尋ねた。

「ヴェルナー卿。古竜の君主の数少ない義務なのだ。古竜が不当に傷付けられた場合、報復するというのがな」

「なるほど、理解しました」

人族の常識で考えても、報復に値する。

何の罪もない王族、それも赤子をさらって、拷問に等しいひどい目に遭わせたのだ。

人族の国同士であっても、報復で戦争を仕掛けられても文句は言えない。

「だが、まあ、一応、ヴェルナー卿のお父上にお伺いを立ててからの方がよかろうな」

「ご配慮感謝いたします」

きっと、父にも父の都合があるに違いない。


ガラテア軍のはるか上空を通過してしばらく経つと、辺境伯家の城が見えてきた。

城を見て、ハティは尻尾を揺らした。

「あれが主さまの実家なのじゃな」

「そうだよ。俺は王都暮らしが長いが、幼少期を過ごしたのはあの城だ」

「へ～。そうなのじゃな～」

興味深そうにハティは城を眺めている。

俺の案内なしに、大王は辺境伯家の城まで、迷わずに飛んでくれた。

大王は、古竜の君主として人族の基本的な勢力図も把握しているのだろう。

「主さま、里帰りは何年ぶりなのかや？」

「五年ぶりかも。父に会ったのは三年ぶりだけど、会ったのは王都だからね」

辺境伯である父は、たまに王都にやってくるのだ。

「主さま。このまま降りてよいのかや？」

城の上で滞空しながらハティが尋ねてくる。

「ハティが降りたらみんなを驚かせるし、先に俺が降りるよ。合図するまで上空で待機してくれ」

「わかったのじゃ！」

辺境伯家の城は、小高い丘の上にある。

高くて分厚い城壁に囲まれていて、その中には複数の井戸や畑などもある。

万を超す兵が寝起きする宿舎もあり、長期戦にも耐えられるようになっている。

高い城壁の上には、沢山の巨大なバリスタが備えられている。

「あのバリスタに攻撃されたら、きっと痛いのじゃ！」

「攻撃されることはないと信じたいけど」

まだ攻撃してきていない古竜に、こちらから攻撃を仕掛けるなど、愚か者のすることである。

辺境伯自ら、どのような用でこられたのか、古竜に丁寧にお伺いをたてるのが、領主として正しい振る舞いだ。

「とはいえ、怯えた兵士が暴発することがありえないとは言えないし。バリスタが届かないぐらい高い位置で待機してくれ」

「わかったのじゃ」

「大王もよろしくお願いいたします」

「わかっておる」

「ロッテとコラリーは、見ていなさい。今後、高所から飛び降りることもあるかもしれないしな」

「わかりました！」

「……見てる」

俺は結界を解除して、ハティの背から飛び降りた。

その昔、ケイ先生にワイバーンの背から突き落とされたことがあった。

それを思い出して懐かしい気持ちになる。

俺は数瞬、自由落下を楽しんだ後、重力魔法を駆使して、落下速度を緩める。

そして、城の中庭に無事降り立った。

たちまち槍を構えた十人ほどの兵たちに囲まれた。

「や、槍を向ける無礼をお許しください！　一体どのような御用でしょうか！」

若い隊長らしき人物が震える声で誰何してくる。

どうやら、結界を解除してすぐに巨大な竜が上空にいることには気付いたらしい。

さすがは辺境伯家の兵士たちだ。敵が操る下級竜に対しての警戒をしていたのだろう。

そんな中、巨大な竜が突然上空に現れて、直後、空から人が降りてきたのだ。

竜の使いだと判断できる。

警戒しなければいけないし、竜の使いに無礼な振る舞いをして怒らせても困る。

だからこそ、槍を向けながらも低姿勢なのだ。

「急に来てすまない。俺はヴェルナー・シュトライトだ」

「ヴェルナー・シュトライト？　……シュトライト？　ってまさか」

若い隊長は混乱しているようだ。

俺は辺境伯家で何か役職を持っているわけではないし、五年ほど実家に帰っていない。

兵士が俺の顔を知らなくても仕方がないことだ。

「父上は、辺境伯閣下はいらっしゃるか？」

「父上はいないぞ」

すると、背後から太い声で話しかけられた。

「兄上、お久しぶりです」

そこにいたのは俺の兄グスタフである。

ローム子爵ビルギットの二歳下の弟で、俺の三歳上の兄だ。

姉ビルギットが政治と外交を担当しているのに対し、兄グスタフは軍事を担当している。

兄は手で合図して、俺に向けられた槍を下げさせる。

「弟だ。騒がせてすまないな」

「いえ！」

兄は兵士たちに一言謝った後、俺を不機嫌そうに睨み付ける。

「……相変わらず弱そうだな。少しは鍛えろ」

「私は軍人ではありませんから」

「……お前もシュトライトなのだ。鍛えるのは義務だ」

兄はシュトライトの一族の中でも身長が高い。

そのうえ暇さえあれば軍事教練で体を鍛えているので、横幅もでかい。

脂肪ではなく、筋肉ででかいのだ。

「来るなら事前に連絡しろ。お前ももう二十歳なんだぞ。常識を学べ」

耳が痛いが、俺にも言い分がある。

「今朝、私がすべきと思うことをしろと、父上はおっしゃいましたから」

「………今朝？　父上から帝国が攻めてきていることを聞いたのか？」

「もちろん聞いていますが……兄上？」

なぜか兄は複雑な表情を浮かべて俺をじっと見つめた。

「お前も……ついに……シュトライトとしての自覚が芽生えたか」

そう言うと俺の肩をバシっと叩いた。

正直痛い。兄は見た目通り力も強いのだ。

「兄上。もしかして俺が軍属になるために戻ってきたと誤解していませんか？」

「そこまでは思っていない。非常時に手伝おうと考えただけで、大いなる進歩だ」

やはり俺が帝国軍との戦いに手を貸すためにやってきたと誤解しているらしい。

誤解は、早めに解いておいた方がいい。

「そもそも――」

「積もる話は、父上が戻ってからにしよう」

「そうですね。父上はいまどちらに？」

「ん？　どこにいようと、なにをしていようと、血相変えてこちらに走ってきているに違いない」

そう言って、兄は上空を指さした。

「巨大な竜が二頭。上空に来たのだ。父上が駆けつけぬわけがあるまい」

「それはそうですね」

「それにしても、お前は竜に乗ってきたのか？　どうやって竜を手懐（てなず）けたのだ？」

「仲良くなって……」

「……お前には竜騎士の才能があるぞ。我が軍でも竜騎士はいつでも募集中だ」

兄からは俺を軍属にしたいという思いが伝わってくる。

「それはまあ置いといて、兄上」

「なんだ？」

「上に飛んでいる竜に降りてもらっても？」

「………無茶（むちゃ）を言うな。大きすぎるだろう」

「大丈夫です。竜たちは小さくなれますから」

「…………お前は何を言っている？」

小さくなれる竜の存在はあまり知られていないのだ。

「このぐらいまで、小さくなれる竜もいるのです」

俺は手で小さくなったハティの大体の大きさを示した。

「そんなに小さくなれるのか？　それならば構わぬが……」

「ありがとうございます」

俺は上空に手を振って合図をする。

すぐにハティと大王がゆっくりと降下しはじめた。

「兄上、あの竜たちは古竜の大王とその娘です」

「……は？　何を？」

「そして、その背にはラメット王国の第一王女殿下が乗っています」

「ああ、お前の弟子になったという、……いや、待て。それこそ、前もって連絡をだな……」

「それは、すみません。ですが、王族を迎えるための儀礼的なあれこれは必要ないので」

「いや、要求されても無理だが」

そこにハティと大王が降りてきた。

練兵も行えるぐらい広い中庭も、ハティたちにとっては狭い。

「大王。申し訳ありませんが小さくなって頂けませんか？　人族の城は小さいのです」

「うむ！」

大王はしゅるしゅると小さくなった。

ハティも背からロッテとコラリーを降ろすと、小さくなった。


俺は大王とハティが小さくなったタイミングで、

「陛下。皆さま。私の兄グスタフです。辺境伯家の軍を率いております。兄上、こちらが古竜の大王陛下です」

「おお、そなたが、ヴェルナー卿の兄か。うむうむ。いい面構えだ」

「グスタフ・シュトライトにございます。陛下のご尊顔を拝し……」

兄は緊張した様子で大王に挨拶する。

「グスタフ卿、朕は古竜の君主、大王ではあるのだが、人族ではない。王としての儀礼は不要ぞ」

「しかし」

「兄上、大王がこうおっしゃっておられるのですから。それに大王にふさわしい儀礼など、どちらにしろ用意できないでしょう？」

俺がそう言うと、兄に凄い目でにらまれた。

兄は「お前が事前に連絡しなかったせいだろうが！」と言いたいのだろう。

だが、事前に連絡などしたら、本当に準備を始めてしまう。

敵への対応に忙しいにもかかわらずだ。

だからこそ、俺は敢えて何も言わなかった。

準備不足が当然で無礼ではない状況を作り出したのだ。

「そうですね。ええっと、兄上、つづいてこちらは俺の従者として色々と助けてくれているハティです」

「従者？」

「はい、ハティは大王陛下の娘、王女殿下でもあるのですが。そしてこちらが俺の弟子であるコラリーとロッテです」

「弟子とな？」

俺はハティとロッテを従者と弟子として紹介することにした。

だから敢えて、シャルロット・シャンタル・ラメットとフルネームでは紹介しない。

「はい、王女殿下たちはそれぞれ、私の従者、弟子として来ていますから。そのように」

「……ヴェルナーの兄、グスタフです。いつも弟がお世話になっております」

兄は丁寧にハティとロッテ、コラリーに等しく頭を下げた。

「主さまの兄上なのじゃな！　うんうん、利発そうな顔をしているのじゃ！」

「ありがとうございます」

「弟子のロッテです。よろしくお願いいたします」

「……コラリー。よろしく」

互いに自己紹介を終えると、兄は俺たちを建物の中へと案内してくれる。

「辺境伯もすぐ参りますので」

「父上は街の方ですか？」


この城から徒歩で数時間、国境から離れる方向に歩いたところに、辺境伯家の別の城がある。

そちらは平野部に建てられて平城で、この城よりも広い。

広い城下町を囲う形で城壁が建てられている城塞都市だ。

辺境伯家領の経済と政治の中心はその平城になる。

それでも、この城を本城と定めているのは、国境線の守護が辺境伯家の役割だという自負ゆえだ。


「そうだ。……父上は兵站(へいたん)を重視されているからな」

物資は街の方にある平城から運ばれることになっている。

その輸送方法について色々決めることがあるのだろう。

「主さまの兄上。敵はいつ頃、攻めてくるのじゃ？」

「わかりませぬが……そう遠くないとは思います。冬ですから」

「冬だと早くなるのかや？」

「寒いですから。敵もあまり時間を掛けたくないでしょう」

「なるほどなのじゃ！」

そして俺たちは応接室へと通された。

お茶を運んできてくれた執事が退室するのを確認して、俺は尋ねる。

「兄上、この部屋の防諜は？」

敢えて、砕けた口調で話すことで、儀礼は必要ないと改めて兄にしらせる。

「もちろん防諜に抜かりはないが、何を話す気だ？」

「兄上は、俺の師匠であるケイ先生について、父上から何か聞いていない？」

「いや、特には聞いてないいな」

「そっか」

「なんだ？」

「いや、父上が言っていないならば、兄上に話していいのか俺には判断できないってことさ」

そう言うと、兄の目が鋭くなった。

「聞かれても答えられないから、俺には聞かないでくれ。聞くなら父上に頼む」

「……わかった。だが、お前が来たのはケイ先生がらみか？」

「そうなるね」

すると、兄は大きなため息をついた。

「……シュトライト家を手伝いに来てくれたのではないのか」

「すまないけど、まあ結果的に手伝いになるかもしれないし」

「ヴェルナー。そなたは大賢者の弟子であるまえに、辺境伯家の一員であり、皇国の貴族なのだぞ」

「兄上。その前に俺は人族だよ」

俺には人族としてやることがあるのだ。

ケイ先生の封印を守らなければ、人族が滅亡しかねない。

「お前はなにを言っている……いや、いい」

一族の中でも特に真面目な兄は小言を言おうとしてやめたようだ。

弟子の前で説教すべきではないと配慮してくれたのかもしれない。

そんな兄に、俺は心の中で詫びておく。


しばらくして部屋の扉がノックされて、開かれた。

入ってきたのはシュトライト辺境伯である父レナードだった。

「父上、お久しぶりです」

俺が立ち上がると、ロッテとコラリーも立ち上がる。

ハティと大王は座ったままだ。

「ん。大きくなったな。それより……」

「ええ、大王。皆さま、こちらは私の父——」

俺は父を皆に紹介し、皆のことを父に紹介した。

もちろん、王に対する儀礼などは必要ないと伝えておく。

それでも父は大王、ハティ、ロッテに対してひざをついて頭を下げた。

改めて大王から必要ないと重ねて言われて、父はやっと納得したようだった。

互いに自己紹介を済ませた後、俺は父に断って、結界発生装置を使った。

防諜がしっかりしているらしいので、必要ないと思うが念のためだ。

「これで、外に音も光も漏れません」

「そこまで念入りにするということは……」

「父上のご推測通り、訪れた理由はケイ先生の件なのですが」

「……ここにいる皆様は知っているのだな?」

「兄上以外は」

「そうか。グスタフも聞いておきなさい。戦いの中、いつ私が死ぬかわからぬゆえな」

父がそう言うと兄は黙ったまま頷いた。

どうやら、兄には話していいらしい。

俺は簡単に省略しつつ兄に説明した。

ケイ先生がどうやら神に選ばれ、大魔王になりつつあること。

そのケイ先生の身柄は、辺境伯家領にあり、ガラテア帝国の進軍の目的はそれであること。

それを守るために俺たちが来たこと。

兄は静かにそれを聞いていた。

説明を終えると、俺は父と兄に向かって告げる。

「ということで、我々はケイ先生の身柄を守ります。帝国兵に対する戦力としては数えないでください」

「もとより、あてになどしておらぬ」

父はそう言ってにこりと笑った。

「ヴェルナーは大賢者の封印がどこにあるか、知っているのか?」

「私は知っていますが、皆は知りません」

すると父は静かに地図を取り出すと、一点を指さした。

「みなさま。ここになります」

そこは、この城の近くにある小高い丘の上だった。

「父上、この辺りにはなにがあるのですか?」

「先々代が使っていた狩猟小屋がある。小屋といっても屋敷のようなものだが」

「屋敷ですか」

「定期的に手入れしてあるが使ってはいない。それを大賢者殿に貸したのだ」

「防御している兵はいないのですか?」

「ほぼいない。賊が住みついたら困るから、少数の兵を置いてあるが、それだけだ」

「さすがに不用心なのじゃ」

ハティがそう言うと、父は微笑(ほほえ)む。

「王女殿下。それはそうなのですが、何の価値もない屋敷に百を超す兵を置いたらそこに何かがあると喧伝しているようなものです」

「なるほどー。そういうものかや？」

「はい。それに本気で敵が襲ってきたのならば、百程度の兵など足止めにもなりますまい」

「そうかもしれぬのじゃ。さすがは主さまの父上、賢いのじゃ」

「お褒めにあずかり光栄です」

父はハティににこりと微笑む。

「父上、我々はそちらに移動しようと思います」

「うむ、それがよかろう」

「ところで、大切なことをお聞きしたいのですが」

「なんだ？」

「次の侵攻があったとき、私に伝えろとケイ先生がおっしゃったときのケイ先生の様子を教えてください」

「ふむ。あれは三日ほど前のこと、寝室でちょうど眠ろうとしていたときだ。突然声を掛けられたのだ」

「突然ですか？」

「ああ、いつ入ってきたのかもわからなかった。夢かと思ったほどだ」

「それでケイ先生はなんと？」

「そうだな――」

父は、下手なりにケイ先生の口調を真似ることまでして、できる限り正確に伝えてくれた。

「寝台でまどろんでいると『寝ているところをすまぬな、レナード。大賢者ケイだ』と」

「ほう」

「一体何用かと尋ねると『もし帝国が兵を動かす事があれば、ヴェルナーに伝えてはくれぬか』と」

「それだけですか？」

「ああ、理由を尋ねても『伝えるだけでいいのだ。すまぬな』と言っていた」

「そのときのケイ先生はどのような雰囲気でしたか？　いつもと違う雰囲気でしたか？」

「ヴェルナー。そもそも私は大賢者殿と親密ではない。数年に一度会うかどうかだ。いつもとの違いを問われても困る」

三日前のケイ先生の擬体の状況についての情報は得られなさそうだ。

俺が少し考えていると、黙って聞いていた兄が口を開く。

「ヴェルナー。大賢者殿の雰囲気は大切なことなのか？」

「はい。ケイ先生が、自分で私に伝えなかった理由が気になって」

ケイ先生の擬体が自由に動けるならば、直接俺に連絡すればいいはずだ。

「ケイ先生の擬体はもう動けないのかもしれない」

「お師さま。動けないとはどういうことでしょう？」

「理由はわからない。敵にやられたのかもしれないし、擬体の活動限界だったのかもしれない」

「ヴェルナー。大賢者殿が動けないならば、何が変わるのだ？」

父は俺の目をまっすぐに見て静かに尋ねてくる。

「あまり変わりません。どちらにしろ身柄の防衛にケイ先生の力を借りるわけではありませんし」

「ならば、考えても仕方あるまい。自分の行動が変わらないことは、暇なときに考えなさい」

実務家である父らしい考え方だ。

「はい。父上。ですが、一つ大事なことがあります」

「なんだ？」

「これから現れるケイ先生は、恐らくケイ先生ではないということです」

「……詳しく説明しなさい」

「はい。まず擬体については先ほど説明しましたね」

ケイ先生が大魔王になりつつある説明をしたときに擬体についても説明してある。

数百年前に、ケイ先生とシャンタルが共同で開発した魔道具でもあり神具でもある偽の体だ。

ケイ先生が擬体を作れるように、シャンタルも当然擬体を作れる。

そして、数百年前に研究をやめたケイ先生の擬体より、恐らくシャンタルの擬体の方が性能が上だ。

「ケイ先生と聖女は双子なだけあり、うり二つです。私ならともかく父上も兄上も見分けられないでしょう？」

「それはそうだろうな」

「今後、ケイ先生が擬体を使って情報を伝えてくることは恐らくありません」

伝えたくとも、伝えられない。

だからこそ、俺への伝言を父に頼んだのだ。

「主さま、でも聖女は殺したのじゃ」

「あれも、擬体だったと考えた方がいい」

「……あれが擬体？　めちゃくちゃ強かったのじゃ！」

「ケイ先生の擬体より、聖女の擬体のほうが性能がいいからな」

「ならば……、またあれに襲われる可能性があるってことかや？」

「可能性はあるな」

俺がそう言うと、ハティは「ぐぬぬ」と呻いた。

俺は念のために父と兄に向かって。改めて言う。

「父上、兄上、もしケイ先生の姿をした者が現われて何を言おうと、信用せずに私に連絡してください」

「わかった」

「うむ。それにしても姿が同じとは。厄介なことだ」

兄はそう言って、ため息をついた。

状況の説明を終えると、俺は父から注意事項などを聞く。

「大賢者殿の封印は、狩猟小屋の地下にある」

「ほうほう」

「兵にはヴェルナーの指示に従うようにと命令を出しておこう」

「ありがとうございます」

そんな会話をしている間、大王は兄に話しかけていた。

「グスタフ卿。実は頼みがあるのだが」

「頼みとは、なんでしょう？　陛下」

「朕には、ユルングという名の年の離れた妹がおってな」

「おお、それは可愛いでしょうね」

そう言って兄は笑顔を浮かべる。きっと妹ルトリシアのことを思い出しているに違いない。

俺の年の離れた妹であるルトリシアは、当然兄にとっても妹なのだ。

「それがな。その朕の可愛い妹をガラテア帝国が……」

大王がユルングが受けた非道を説明する。

「そんな赤子を捕らえて、魔道具のコアにするなど……、人のすることではありません」

「うむ。しかも、その魔道具の中にいる間、絶え間ない苦痛が与えられる仕組みになっていてな」

「……恐ろしいことを」

「そのうえ、魔道具から救い出そうとすれば、確実に殺す仕組みまで魔道具には備わっていたのだ」

「……なんと」

「ヴェルナー卿がいなければ妹は死んでいただろう。ラインフェルデンの王都の民と一緒にな」

それを聞いた兄は俺を見た。

「ヴェルナー、よくやった」

「いえ、人として当然のことをしたまでです」

そう言うと、兄は満足げに頷いた。

「それでグスタフ卿。ここからが本題なのだが」

「はい」

「古竜は報復せねばならぬ。それが同胞を、そして未来のヒナを守ることに繋がるゆえな」

触らぬ古竜に災いなし。

古竜に手を出すは亡国の始まり。

そのような人族に伝わる格言は真実であり、古竜には絶対に手を出してはいけない。

そう人に思いしらせる必要がある。

そのように、大王は考えているのだろう。

「……報復、ですか？　それは人族に？」

「ガラテア帝国に、である」

「そう、……ですか」

「もちろん、朕がガラテア帝国の王都を吹き飛ばすことはたやすい」

「はい。そうでしょうね」

「だが、それをすると、ユルングのことなど何も知らない民に被害が出るであろう？　民の中にはユルングと同じぐらい小さな赤子もいるであろうし」

大王は、前大王やハティと同じく、人族のことが嫌いではないのだ。

「だから、兵を吹き飛ばすことにした。彼らは民ではあるが武器を持っている戦士ゆえな」

「なるほど、つまり」

「グスタフ卿の推察の通りだ。こちらに向かっている敵兵を吹き飛ばしたいのだが」

「なぜ、私に許可をお求めになるのです？」

少し困惑した様子で兄は言った。

「誤解はしないでほしい。グスタフ卿に許可を求めているわけではない。古竜の掟に従い、古竜の大王である朕の判断で、朕の手で人の命を奪うものだ」

大王は責任をなすりつけようとしているのではないと、断言する。

「かなり広い範囲を拭き飛ばすことになる。つまり、断らずに実行すれば、グスタフ卿の手のものを吹き飛ばすことになる。斥候とかおるのだろう？」

「配慮感謝いたします」

「何日あればよいか？」

「何日もかかりません。数時間あれば、充分に我が手のものを退かせることはできるでしょう」

「すまないな。本来であれば、人族の争いに手を出さない方がいいのだが」

大王と兄の打ち合わせが終わったころには、俺と父との話も終わる。

「大王、やはり報復されるのですか？」

「気は進まぬが、古竜の君主の数少ない義務ゆえな」

「……ちなみに今回の侵攻がなければどうなさったのですか？」

「うむ。犠牲は増えるが、王宮を吹き飛ばすか、城をいくつか吹き飛ばすか、であろうな」

そして大王は笑みを浮かべた。

そんな大王に向かってハティが言う。

「ガラテア帝国の王宮を吹き飛ばしたほうが、死ぬ人族は少なくなるのじゃ」

「そうかもしれぬ。だが、それでは人族が教訓を得られるかわからぬだろう？」

「どういうことじゃ？」

「突然王宮が吹き飛べば、統治者がいなくなる。被害を分析し、原因を考え教訓にする者がいなくなってしまう」

「ふむ？」

「その点、軍隊を吹き飛ばせば、その報告は確実に、国を治める王宮に届く。原因を考えてくれるだろう」

「ちゃんと正解にたどり着くかや？」

「念のために王宮に行って、塔の一つでも吹き飛ばし、大声で脅してもよい」

「そうなのじゃな。脅すのにも色々あるのじゃなぁ」

ハティは感心して尻尾を揺らす。

「人族のみなは、ヤルクという国を知っているか？」

「あ、ヤルクは聞いたことがあります。高度な魔法文明を持っていたのに、火山の噴火で一晩で滅んだとか」

さすがロッテは王族だけあって、歴史にも詳しい。

「うむ。そう伝わっているだろう。だがあれをやったのは前大王なのだ」

大王は少し寂しそうにそう言った。

前大王、つまり大王とユルングの母である。

「母は人族が好きだったが、ヤルクの魔導師は古竜のヒナを騙して捕らえ、使役し殺したのだ」

「そんな……」

「ハティがされかけたことだ」

そう言って、大王はハティの頭を撫でる。

ハティが俺とロッテに出会ったとき、騙されて酒で酔わされ魔道具で操られてしまっていた。

いくら強力な古竜といえど、騙されて、捕えられることはありうるのだ。

「恐ろしいのじゃ……」

「うむ。そして、大王である母はヤルクを滅ぼした。だが、攻撃に力を入れすぎてな……」

ヤルクは一夜で滅び、原因を考察する者も、襲撃の様子を伝える者も生き残ることがなかった。

「それから、古竜は反省したのだ。滅ぼせばよいというものではないと」

そう言って、大王は遠い目をした。

前大王は人族が好きだったと聞いている。

人族を守るために大魔王に戦いを挑み、呪われるほど人族が好きだったのだ。

それでも、大王として、国を滅ぼさなければならなかった。

「ハティにひどい目をあわせようとしたのもガラテア帝国だった」

「そういえばそうだったのじゃ！」

「そして、ユルングにひどい目にあわせたのもガラテア帝国。報復しないわけにはいかぬであろう？」

大王はそう言うと、父と兄を見て微笑んだ。

「民を守るのは、大王である朕の義務ゆえな。……ラインフェルデンとは仲良くしたいものだ」

大王は、必要ないのに兄に帝国に報復することを伝えた。

それはラインフェルデンの大貴族である父に古竜の掟を説明するためだったのかもしれない。

帝国の国力が落ちれば、ラインフェルデン皇国が大陸唯一の超大国となるだろう。

人族に敵がいなくなった大国は無謀なことを始めることがある。

たとえば、古竜の王宮に侵攻したりするかもしれない。

そして、唯一の大国が暴走しても、止められる者はいない。

実験と称し、古竜のヒナを虐待しようとするかもしれない。

だからこそ、大王は古竜の力を皇国に知っておいてほしいのだろう。

「古竜は、人族のことが嫌いではない。だが、降りかかる火の粉は払わねばならぬし、手を出せば恐ろしいと教えなければならないのだ」

「重々承知しております。末永く仲良くしていただけたら嬉しく思います」

父がそう言うと、

「皇国の皇太子は、ハティにはとても優しいのじゃ！　仲良しなのじゃ！」

ハティがそう言って尻尾を揺らした。

第八章

聖女と擬体

その後すぐに、俺(おれ)たちはケイ先生が封じられている屋敷に向かうことになった。

城の入り口で集合することにして、俺とロッテ、コラリーとハティはそれぞれ別室で準備をする。

防寒具の準備は下着にも及ぶ。男女同室で準備をするのはふさわしくないと思われたからだ。

予(あらかじ)め所持していた防寒具を身につけるだけなので、俺の準備はすぐ終わる。

準備を終えて、城の入り口へと歩いて行くと兄が付き添ってくれた。

その兄が小さな声で言う。

「ヴェルナー」

「なに?」

「…………お前はシュトライトだった」

「そうだけど」

急に何を言っているのかと思って兄の顔を見る。

「そうではない。……お前はきちんとシュトライトの一員として、貴族の一人として義務を果たしているようだな」

「いや、そんなこともないけども」

俺としては義務を果たしているつもりはない。

「……俺のように軍に入らずとも、姉上のように政治にかかわらずとも、お前はきちんと義務を果たしている」

「そうかな」

「ああ。……すまなかったな」

「謝られる理由がわからないのだけども」

少し戸惑った俺に兄は微笑(ほほえ)んだ。

「お前を侮っていた。貴族の義務を果たさず、研究にうつつを抜かし、魔道具作りにかまけていると思っていた」

「それは否定できないのだが」

実際研究と魔道具作りばかりしている自覚はある。

「お前がこの城に来たとき、貴族の義務を果たすために防衛に手を貸してくれるのだと期待した」

「それは、まあ、すまないと思っているよ」

「いや、謝るのはこちらだ。俺はヴェルナーに勝手に期待して、がっかりした」

それは俺もわかっていた。

「偉そうに説教までしてしまった」

その説教は、大賢者の弟子であるまえに、辺境伯家の一員であり、皇国の貴族であるという自覚を持てという意味だったと思う。

「貴族である前に人族だと、お前が言った理由もわかった」

「うん」

「ヴェルナーは、俺にも姉上にも、それに父上にもできない形で義務を果たしているのだな」

「そうかな？　そうだといいのだけど」

「ああ、もう俺はお前に、軍属になれとは言わない」

そう言うと、兄は、十年ぶりに俺の頭をわしわしと撫でた。

子供の頃を思い出す。

俺と兄は三歳しか違わない。だが幼少時の三歳の差はとても大きかった。

「ヴェルナーはヴェルナーにしかできないことをすればいい」

「うん」

「俺は俺で、俺にできることをするよ」

そう言って兄は微笑んだ。


城から屋敷まで、徒歩でも数十分の距離しか離れていない。

ハティはとても速いので、背に乗せてもらえば、すぐに到着できるだろう。

「まだ昼だというのに暗いな」

城の外に出ると、激しく吹雪いており、周囲は薄暗かった。

分厚い雪雲が空を覆っているせいだ。

兄とハティと大王と一緒に、しばらく待っていると、ロッテとコラリーが走ってきた。

支度部屋から出てきたロッテとコラリーは完璧な防寒仕様だった。

耳当ての付いた毛皮の帽子に外套、手袋にひざしたまであるブーツを身につけている。

「お待たせしました」

「おお、ロッテもコラリーも、暖かそうだな」

「全て、辺境伯家の方にお任せしていまいました」

「……うん、暖かい」

それを見た兄が満足げに頷く。

「この辺りの冬は寒いですから。暖かくしすぎということはありません」

「ありがとうございます。グスタフ卿」

「辺境伯家の兵士の装備なので、王女殿下がお召しになるにはふさわしいものとは言えないかもしれませんが……」

「いえ、とても動きやすいです」

「……うん。快適」

ロッテとコラリーが身につけているのは辺境伯家の女性兵士用の装備だ。

「兵士が冬の戦場で戦うための装備なので、動きやすく、丈夫で防水や防寒の機能に優れているのです」

兄が嬉しそうにロッテとコラリーに説明していた。

「ロッテ、少し見せてくれ」

「はい、どうぞ」

俺は二人の装備を調べる。

「俺が帰省していない間に進歩したみたいだな」

「あたりまえだ。兵器開発部は日々努力しているのだからな」

ロッテたちに向ける表情と違い、兄は俺にはどや顔していた。

「そうだな、この部分を……」

「なんだ？　なにか改良点があるのか？　魔道具か？」

「魔道具とは少し違うけど、古竜の方に頂いた衣服の素材を参考にして、応用すれば」

「………それは後で聞かせてくれ」

「わかった」

「必ず、必ずだ。聞くから戻ってきなさい」

「わかったよ、兄さんも」

そう言うと兄は無言で頷いた。

そのころ、ハティは、

「二人とももこもこでかわいいのじゃ！」

そう言って、嬉しそうに尻尾を揺らしていた。

防寒準備を調えたら、いよいよ出発である。

「気をつけるのだぞー」

大王と兄に見送られて、俺たちを背に乗せたハティが飛び立った。

ハティは速い。一分後にはもう屋敷が見えてきた。

「主さま、主さま！　あれじゃな？」

「そのはずだ」

ハティの指さす方向に、屋敷が見えた。

王都にある辺境伯家の屋敷の半分ぐらいの大きさだ。

「木が沢山あるのじゃ。大きいままだと降りにくいのじゃ」

屋敷は山の中の森を切り拓いて建てたらしく木々に囲まれている。

その屋敷に通じる道も細い。人が二人並べば狭く感じるほどだ。

「狩猟小屋に使われた屋敷って話だったけど、狩りに使うのにも不便に見えるな」

ただの狩猟小屋ではなく、貴族の狩猟に使うのだ。

貴族の狩猟には、獲物を追い立てる勢子や、身の回りの世話をする使用人など、沢山の人が同行する。

集団を指揮して、獲物を追うという作業は、軍事にも通じる。

だからこそ、狩猟は平時における軍事訓練として利用されることもあるのだ。

「あえて不便にしているのか？」

「なんのためにじゃ？」

「訓練のためとか」

交通の便の悪いところに敢（あ）えて建て、それを上手（うま）く運用させることで、悪路における兵站につい
て学ばせようとしたのかもしれない。

「よくわからないのじゃ！」

「実は俺もよくわかってない。ハティ、とりあえず入り口の前に降りてくれ」

「わかったのじゃ！」

ハティが地面に降りて、俺たちがその背から降りると、ハティはすぐに小さくなった。

「臭いのじゃ！」

「どう臭い？」

「血の臭いがするのじゃ！」

古竜であるハティは嗅覚が鋭い。だからこそ気になるのだろう。

俺は気にならない。

「血の？」

「……狩猟小屋だから、血の臭いがしないと逆におかしい」

ロッテは少し驚いた。だがコラリーは冷静だった。

狩猟で捕まえた獲物を解体し、調理したりもする。

当然血の臭いはするだろう。

「ああ。そうですね」

「そういえばそうだったのじゃ」

ロッテもハティもすぐに落ち着いた。

「とはいえ、俺の鼻では血の臭いを感じないけどな」

「私もです」

「……うん。しない」

人族は臭いを感じていない。

最近は狩猟小屋として使っていないのだから、当然といえば当然だ。

「ハティは古竜ゆえ、嗅覚が鋭いのじゃ！」

ハティは、コラリーを助けたときに遠く離れた場所にあるパン屋の匂いを察知したぐらいだ。

それも営業終了後しばらく経っていたパン屋の匂いをである。

嗅覚が犬よりも鋭いであろうハティならば、残り香を嗅ぎ取ってもおかしくない。

「ハティ、臭いが我慢できないなら、城に戻っていてもいいよ」

「冗談じゃないのじゃ！　ハティは主さまから離れないのじゃ」

そう言うと、ハティは、俺のお腹にしがみついた。

そして顔を腹に押しつける。

「こうしていると、主さまのいい匂いがするから、気にならないのじゃ」

ハティは甘えるように鼻をぐしぐしと俺のお腹に押しつけている。

ハティがしがみついている場所は、ユルングがいつもしがみついている場所だ。

ユルングが来てから、お姉ちゃんであるハティは甘えられていない。

ユルングがおらず、大王の目もない今、ハティは思う存分俺に甘えたいのだろう。

血の臭いがするというのも甘える言い訳なのかもしれなかった。

「そうか。じゃあ、そうしていなさい」

「うむ」

俺がユルングにするようにハティを撫でると、ハティの尻尾がゆっくり揺れた。

そこに、執事が一人、屋敷の中から駆けてくる。

年の頃は五十代。辺境伯家の執事の中では高齢だ。

白いあごひげを生やしており、おしゃれな香水の匂いがした。

「お待ちしておりました。ヴェルナーさま」

「よろしく頼む。会うのは初めてか？」

「いえ、ヴェルナーさまが本当に幼い頃、何度か」

「そうか、それはすまない」

「いえ、ヴェルナーさまは小さかったので、覚えておられずとも当然でございます」

俺はその執事に、ロッテとコラリー、そして俺にしがみつくハティを紹介した。

もちろん、俺の弟子と、従者としてだ。

「みなさま、よろしくお願いいたします」

軽く頭を下げた執事に、屋敷の中へと案内してもらう。

雪を払って入った屋敷の中は充分に暖められていた。

「ヴェルナーさま。お召し物を」

「すまない」

俺たちは帽子と外套を脱いで、手袋を外して執事に渡す。

それらを一つ一つ手際よく丁寧にしまってから、執事は屋敷の内部へと案内してくれる。

途中、俺は執事に尋ねた。

「勤務場所が山の中だと大変だろう」

「いえいえ、慣れました」

「城塞都市の方に転属願を出した方がいいんじゃないか？」

辺境伯家において、五十代を超えたベテランは、職場環境のいい城塞都市か王都屋敷に回されるのが普通だ。

俺たちが先ほどまでいた本城は、軍事施設なので、職場環境としてはあまりよくない。

冬は寒いし、夏は暑い。休暇の日に遊びに行く場所もない。

だから、若手の修行の場として使われるのだ。

そして、この屋敷は本城より更に環境がよくない。

この屋敷の担当には、誰もなりたくないだろう。

「希望を出せば、王都屋敷は難しくても、城塞都市になら移れるんじゃないか？」

賓客や辺境伯家の有力家臣である各地の代官を迎えるのは城塞都市、もしくは王都屋敷である。

城塞都市でも王都屋敷でも、ベテラン執事の数は常に不足しているのだ。

とはいえ、王都屋敷の方は、エリート中のエリートが集まるので希望が通るとは限らない。

だが、城塞都市はそこまでハードルは高くもない。

「いえいえ、私は辺境伯閣下に命じられた職場で全力を尽くすのみでございますから」

「そうか、シュトライト家のために、ありがとう」

「もったいなきお言葉」

執事は大げさに見えるぐらい、感動した様子で言った。

父が特に信用している執事だから、ここに配属されたのならば、代わりはいないだろう。

「ヴェルナーさま。まずはお部屋にご案内いたします」

「ああ、あとで部屋の場所だけ教えてくれればいい。大して広い屋敷でもないし、迷わないだろう」

「左様でございますか」

「ああ、それよりも地下室を見せてくれ」

地下にあるというケイ先生の封印を確認するのが先決だ。

「……地下室でございますか？」

「問題か？」

「問題などあろうはずはございません。辺境伯閣下からは、ヴェルナーさまの指示に従うようにと命じられていますから。どうぞ、こちらに」

俺は執事についていく。

俺の後ろをロッテ、コラリーが静かに付いてくる。

ハティは相変わらず俺にしがみついたままだ。

「面目ないことでございますが、地下室まで掃除が行き届いておりません。少人数ゆえ、何分ご容赦(ようしゃ)のほど」

足を止めて振り返った執事が頭を下げる。

「気にしないさ」

「ありがとうございます」

そして執事は再び前を向いて歩き出す。

すると、ロッテが無言で俺の服をくいっと引っ張った。

「……」

俺が振り返ると、

「…………」

ロッテは無言で首をゆっくりと振った。

不安そうな表情で、右手をラメットの剣の柄に乗せている。

そんなロッテを見てコラリーは首をかしげた。

俺は微笑んで、そんなロッテの頭を撫でる。

「さすがロッテ。鋭いな」

それを聞いた執事が止まってこちらを振り返った。

「どうなされましたか？」

もう少し泳がせようかと思ったが、ロッテが気付いたのなら、これ以上は難しいだろう。

だから俺は執事に笑顔を向ける。

「いえ、聞きたいことがあるのですが」

「なんでもお尋ねになってください。ヴェルナーさま」

「他の者はどうされたのですか？」

「ヴェルナーさまを、お迎えする準備をしております」

「あの世で、ですか？」

すると、執事はにこりと笑った。

「くふふふ……」

執事は笑い声を抑えようとして、抑えられていない。

「何がおかしいのですか？」

「ふふふ……はははぁッハハハハハハ！」

大声で笑う。

徐々に、笑い声が高くなっていく。

「よく気付いたケイの弟子！」

そう言ったときの執事の声は、ケイ先生、いやシャンタルと同じだった。

「聖女だったのかや！　臭っ！　あ、だから主さまは急に敬語になったのじゃな？」

ハティは俺のお腹から鼻を離して、執事をみて、慌てた様子で再び鼻を俺に押しつける。

シャンタルは気分の上下が激しい。

情報を得るためにも、丁寧に扱った方がいいのだ。

「血の臭いは、聖女がここで人を殺した際の血の臭いに違いないのじゃ」

「ほう！　わかるのか？　臭いは消したつもりだったのだがなぁ」

「隠し切れてないのじゃ、くっさ！　聖女自身も臭すぎるのじゃ！」

「臭いとは心外だ。香水をつけているというに」

シャンタルは臭いと言われても怒る様子はない。

楽しそうに俺にしがみつくハティを見つめている。

「余計臭いのじゃ！」

「所詮（しょせん）はトカゲ、人の風雅は理解せぬか」

「なんじゃと！」

「ハティ抑えて」

俺は怒るハティの背中を優しく撫でる。

「聖女。そのような擬体もつくれたのですか？」

今目の前にいるのは、シャンタル本人を擬した体ではない。

だから擬体と呼んでいいのかもわからない。

「擬体という言葉も知っているのか。ケイから聞いたな」

「…………」

シャンタルが俺の質問に答えていないので、俺も答えない。

無言で執事の姿をしたシャンタルを見つめる。

「答えろよ。私は無視されるのが嫌いなんだ……、まあいい。体があれば可能だよ」

あまり怒らせるのは得策ではない。

機嫌良くさせて、色々しゃべらせるべきだ。

だから俺はシャンタルに言葉を返す。

「死体を利用されたのですか？」

「そうだ。というより擬体にする過程で死ぬといったほうが正確だが」

「だからなのじゃな！　臭いと思ったのじゃ」

ハティが俺のお腹に鼻を押しつけたまま言う。

「シャンタルからは腐敗臭がするのじゃ」

「む？　本当に鼻がいいな。腐敗臭は完全に隠せたと思ったのだが」

「隠れてないのじゃ！」

「ヴェルナー。どうだ？　わらわから腐敗臭が漂っておるか？」

「私は感じませんが、古竜は鼻がいいので」

「そうか。犬の鼻はごまかせたのだが、トカゲの鼻はごまかせぬか」

シャンタルは笑顔で、自分の腕の臭いをクンクンと嗅ぎながら、ハティを挑発する。

挑発してどうこうしたいというより、ハティをからかいたいだけかもしれない。

「いい加減にするのじゃ！」

「落ち着け、ハティ」

俺がハティを撫でるのを見て、シャンタルは笑顔になると楽しそうに言う。

「腐敗の進行をいかに遅らせるかが、目下の課題でな」

「前回、お会いしたとき、古竜たちは腐敗臭を感じていなかったみたいですが」

「あれはちがう。わらわを擬して新たに器を作ったのだ。この体は言ってみれば殺して乗っ取ったものゆえな」

「その技術は、ケイ先生と袂（たもと）を分かった後、研究した技術ですね」

「まあ、そうだ」

「恐ろしいことをするものじゃ！　一体誰を殺したのじゃ！」

「帝国のどこかの街にいた男だよ。名前も経歴もわらわはしらぬ」

どうでもよいことのようにそう言って、シャンタルはあごひげを撫でる。

本来、自分には生えていないあごひげを撫でるのが楽しいらしい。

恐らくガラテア帝国に、犠牲にする男を用意させたのだろう。

「それで、どうして気付いた？　そこなトカゲが臭いで気付いたのならまだしも、そなたは臭いには気付かなかったのだろう？」

「また、またなのじゃ！　我をトカゲ呼ばわりするなど⁉」

「ハティ落ち着け、挑発だ。わかっているだろう。聖女も私の従者をからかうのはおやめください」

俺はハティを抱きしめ抑える。

「ふふ」

そんな俺たちを見て、シャンタルは少しだが声を出して笑った。

「そうですね。最初から違和感がありました」

「違和感？」

「人ではないような、アンデッドのような。そんな気配です」

「なるほどのう。今後の参考にさせてもらおう」

「それに、このような山奥に配属される執事にしては、年を取りすぎです」

「ああ、城塞都市に転属願を出せばいいと言っておったな」

「はい。通常、辺境伯家ではベテランはこのような場所に配属されませんから」

「特別な場所だから、ベテランを配属したのだとは思わなかったか？」

「その場合、父が信用している執事になります。さすがにそのような執事ならば私も面識があります」

父が信用しているベテランは、俺が生まれる前から辺境伯家仕えている者たちばかりだ。

いくら数年戻っていなかったとしても、俺が知らないわけがない。

もし、最近雇われて、急速に信頼を得た執事にこの屋敷を任せているならば、俺に一言あるだろう。

「王女殿下に対する礼も執事とは思えないほどあっさりしたものでしたし」

「……はて？」

黙ったままシャンタルは俺を見て、首をかしげた。

確かに俺はロッテのことを弟子と紹介した。

しかし辺境伯家の執事ならば、俺の弟子が王女殿下だと知っているはずである。

弟子と紹介されようと、それなりの振る舞いをするものだ。

「それはお師さまが、私を弟子と紹介したからで――」

「お前はっ！　口をっ！　開くなっ！　汚らわしい！　耳が腐るっ！」

シャンタルは顔を赤くし、絶叫すると、冷たい目で睨み付け、「ふぅー」と大きく息を吐いた。

「…………」

怒鳴られてロッテは口を閉じる。

だが、その視線は怯えることなく、まっすぐシャンタルを見つめていた。

しばらく、シャンタルは深呼吸を繰り返す。

赤い顔が戻っていき、呼吸も穏やかになっていく。

「そうか。むう。辺境伯家の様子をしばらく観察はしたのだがなぁ」

そう言ったときにはシャンタルは、笑顔だった。

「あっさりばれてしまったとは。残念だ」

全く残念に思っていなさそうな顔で、上機嫌にシャンタルは言った。

シャンタルの機嫌がいい間に、色々聞いておくべきだ。

「それで、何が目的なのですか？」

「いやなに。久しぶりに姉に会おうとしていただけだよ」

「嘘（うそ）ですね」

「心外だなぁ」

「それが本当ならば、私たちをここにおびきよせる理由がありません」

そう言うと、シャンタルはきょとんとする。

「む？　おびきよせる？　何の話だ？　というか、そなたはどうしてここに来た？　姉に呼ばれでもしたのか？」

「白々しいですよ。父の寝室に忍び込んだのも、聖女でしょう？」

父や兄、辺境伯家の家臣たちはお互いのことを知っている。

辺境伯家の者たちを騙（だま）そうしていたならば、偽の執事に化けても効果が無い。

「偽執事の作戦は、俺ぐらいにしか効果がありませんし。つまり俺をここに呼ぶこと自体、聖女の作戦の内でしょう？」

「……ばれたか」

「それで、俺たちを呼び寄せて、何がしたかったのですか？」

「そんなことは決まっておろう。大切な姉の愛弟子（まなでし）に会いたかったのだ」

どうやら、シャンタルはまともに答えるつもりはないらしい。

つまり、作戦は、成功も失敗もしていない。続行中なのだ。

「そうですか、教えてはいただけませんか」

「わらわは正直に話しているというに。信じてくれぬとは悲しいのう。よよよ」

わざとらしい泣き真似(まね)をするシャンタルを無視して考える。

俺を、この場に呼び出す理由は何だろうか。

「……もしかして、ケイ先生の封印を破らせるためですか？」

「むむ？」

「ケイ先生の弟子である俺ならば、ケイ先生の最新技術で施された封印を破けると？」

いや俺よりも勇者であるロッテをここに連れてきたかったのかもしれない。

勇者の力をもってすれば、封印を破くことは可能だろう。

そう考えたが、シャンタルを激昂(げっこう)させないためにロッテの名前を口にはしない。

「おお！」

シャンタルは目を見開いて驚いた様子を見せた。

当たっているのか外れているのか、表情から読み取れない。

「そうかもしれぬし、そうではないかもしれぬ。だが、それはよい考えだな」

「なんのことですか？」

「ヴェルナー。姉上の封印を破ってみぬか？」

「破るわけないでしょう」

「姉の封印と、弟子の命、どちらが大切なのだ？」

そう言ってシャンタルはにやりと笑う。

ロッテとコラリーを殺されたくなければ、封印を破れと脅しているのだ。

「弟子の命は大切ですが、ケイ先生の封印を破りもしませんよ」

「そうか。気が変わったらいつでも言うがよい」

次の瞬間、笑顔のまま、シャンタルが爆発(ばくはつ)した。

第九章 聖女の計画

俺は慌てて障壁を展開し、爆風から俺自身と弟子たちとハティを守った。

シャンタルの爆発は強烈で、俺の展開した障壁がギシギシと音を立てて歪む。

そして、屋敷は当然吹き飛んだ。

「ば、爆発？　なぜ？」

「……自爆した？」

「ロッテ、コラリー、二人とも油断するな」

俺は爆風が収まった後、障壁を解いて周囲を観察する。

爆発したシャンタルの擬体は、ほとんど跡形が残っていない。

周囲に擬体の指など、一部の残骸を認めるが、それだけだ。

「屋敷が吹き飛んだおかげで、臭いが大分ましになったのじゃ。でも臭いのじゃ」

「ハティ、周囲に誰かいないか？」

「わからないのじゃ。ましになったとはいえ、腐臭ただよう擬体がばらまかれたのじゃから」

「そりゃ、わからないな」

「うむ、でも臭いが籠もらない分ましなのじゃ。風が強いのも幸いなのじゃ」

今は強烈な吹雪。籠もっていた臭いも吹き飛ばされていく。

「それにしても、寒いな」

預けた外套と手袋、帽子は、屋敷とともに全て吹き飛んでしまった。

靴を預けていなかったことが、不幸中の幸いだ。

「ロッテ、コラリー。寒くないか？」

「はい！　大丈夫です」

「……余裕」

「空気を固定する魔法を使えば防寒になるが……気配を察知しにくくなるからな」

シャンタルは自爆したが、あれで終わりのわけがない。

別の擬体か、もしくは本体が、近くでこちらを窺っているに違いない。

このまま放置されれば、寒さで体力を奪われてしまう。

だから、俺は周囲を警戒しながら、ケイ先生が封印されている地下への入り口を探す。

もし、入り口を見つければ、シャンタルも俺たちを放置できまい。

「地下への入り口を探してくれ」

「はい！」

「……まかせて」

「鼻がきかないけど、ハティは魔法も得意なのじゃ！」

皆に探索を任せて、俺は警戒を続けた。

俺まで探索に集中すれば、大きな隙になる。

その隙をシャンタルが見逃してくれるとは思えなかった。

五分後、防寒のために一時的に結界を張るべきか悩みはじめたとき、

「お師さま、ありました！」

ロッテが、地下への入り口を見つけてくれた。

「ロッテ、よくやった！」

「瓦礫だらけで、見つけにくかったです！」

シャンタルが自爆して屋敷が吹き飛び、地下への入り口が瓦礫で埋もれてしまっていたのだ。

「くっさい聖女の残骸のせいで、鼻も利かないし、苦戦したのじゃ」

シャンタルの擬体の残骸が厄介なのは、その臭いだけではない。

擬体は言ってみれば強力な魔道具のようなものだ。

それがばらまかれた結果、周囲からは魔力反応が大量に検出されるようになった。

結果として、魔法による探索も難しくなっていたのだ。

魔法の得意なコラリーでもハティでもなく、ロッテが見つけたのはそのせいもあるだろう。

「俺が入る。コラリー警戒を頼む」

「……わかった」

俺は歪んでしまった地下への入り口の扉を破壊して、中へと入る。

はしごがあり、地下深くに繋がっていた。

「底が見えないな」

山一つ分ぐらいの深さはありそうだ。

「ハティも一緒に行くのじゃ。滑ったとき、ハティがささえるのじゃ」

「俺よりも、ロッテとコラリーの防御を頼む」

「わかったのじゃ！」

「コラリー、俺が入ったら、結界発生装置で身を守りなさい」

俺が入った後、ロッテたちがシャンタルに襲われると厄介だ。

「……わかった」

「安全を確保したら遠距離通話用魔道具で連絡しよう」

「……うん」

「ロッテ、非常時の判断は任せる」

「わかりました」

そして、俺は地下に向かってはしごを下りていく。

真っ暗なので、魔法で灯をともしながら、警戒しつつ急いで下りる。

穴が狭いので、腰に差していた剣を魔法の鞄（マジック・バッグ）に入れて急ぐ。

大体、俺の身長の四十倍ほどの高さを降りただろうか。やっと底に付く。

底から穴は横に続いていた。人一人がやっと通れる程度の穴だ。

横穴を進む。横穴は一本道だが曲がりくねっていた。

横方向に曲がっているだけでなく、上がったり下がったりを繰り返す。

(大まかに言うと上がっているが……現在地がわからなくなるような魔法を掛けているな)

魔法のせいで、正確な高さを含めた位置がわかりにくい。


その通路をしばらく進むと扉があった。

扉を開くと俺の研究室ぐらいの広さの部屋がある。

研究するには充分広いが、戦闘するにはかなり狭い。

天井(てんじょう)も俺の研究室と同じぐらいの高さしかない。

その部屋の中央に、透明の繭(まゆ)があり、その中に胎児のようにひざを抱えた全裸のケイ先生が浮かんでいる。

そしてその繭の横にシャンタルが座っていた。

「遅かったではないか」

「あなたは聖女ご自身ですか？　それとも擬体？」

「どうだろうな？」

シャンタルは笑顔だ。全裸ではない。

白い大きな一枚布を体に巻き付けた古風な装いをしていた。

「思ったより時間が掛かったな？」

「瓦礫と擬体の臭いと魔力のせいで戸惑いました」

「なるほど。擬体の自爆には臭いと魔力をまき散らす効果もあったのだな。参考になるぞ」

俺は話しながら、まっすぐに繭に向かって歩いて行く。

「どうだ？　ケイの弟子。上でお前が問うたわらわの目的はわかったのではないか？」

「そうですね」

「答えたくなかったのでも、ごまかそうとしたわけでもない。見ればわかることを説明するのが面倒だったのだ」

透明な繭は強力な封印だ。当然解除するのも難しい。

俺は封印の構造と、外に繋がる魔力回路を観察する。

「もう一か所、いや二か所ですね」

「さすが、ケイの一番弟子。一目で見抜くか？」

シャンタルは本当に嬉しそうだ。

「ここを含めて、三か所でほとんど同時に封印の解除を実行する必要があると」

「そうだ、まさにそのとおりなのだ」

「しかも、一定以上タイミングがずれれば、恐らく十秒程度、解除のタイミングがずれれば、ケイ先生をたちまち殺す術式まで仕込まれてますね」

つまりシャンタルは同時に三か所の封印を解くことができないのだろう。

だから、俺に一か所の解除を担わせるために、ここに呼び出したのだ。

「その二か所はかなり遠いということですね」

「そうだ。ケイは本当に厄介なことを考えるものだ。性格が悪いのだろうな。我が姉ながら、恥ずかしいことだ」

シャンタルは楽しそうにケイ先生の悪口を言う。

「聖女。これはあなたがコラリーやユルングに仕掛けた魔道具と同じ発想ですよ」

「ん？」

「ケイ先生はそれを参考にしたのでは？」

コラリーに取り付けられていた魔道具には外したら針が出てコラリーを殺す仕掛けがあった。

ユルングに取り付けられていた魔道具も同時に解除しなければ、ユルングを殺す仕掛けが発動するようになっていた。

「ああ、あれか〜。あれはわらわが仕掛けたものではないが、設計自体はわらわの手によるものだな」

そう言うと、シャンタルは透明な繭を優しく撫でる。

「わらわの魔道具を参考にしたのか？　それとも、独力でわらわと同じ発想に到ったのか？」

「聖女、嬉しそうですね」

「うむ。喧嘩別れをしたとはいえ、たった二人の姉妹なのだ。つながりを感じたら嬉しくもなる」

シャンタルのその言葉が嘘だとは俺には思えなかった。

シャンタルは、シャンタルなりにケイ先生のことを思っているのだろう。

そんなシャンタルに俺は尋ねる。

「一つ確認したいことがあるのですが」

「なんだ？」

「擬体と連絡をつけることが可能なのですか？　魔道具を持っているようには見えませんでしたが」

このシャンタルは地上で擬体と俺が交わした会話を把握していた。

「できるぞ」

「どういう手段で？」

「そりゃあ、擬体とわらわは魂が同一、正確には分霊と呼ばれるものであり、意識も同一なのだ」

「………正直、理解が及びませんが」

「魔法ではなく、神学、神の奇跡の範疇であるからな。わからなくても恥じることはない」

そう言うと、シャンタルは優しい笑みを浮かべた。

それは、俺が新しい魔道具を作ったとき、ごくたまにケイ先生が見せた笑みに似ていた。

「むしろ、わらわにはそなたの作った、その遠距離通話用魔道具の仕組みがわからぬ。どうやっている？　なぜ遠距離で通話が可能なのだ？　しかも結界の外と中で連絡を通じさせることができるのだろう？　神の奇跡か？」

「魔法ですが、それこそ秘密です。私の飯の種ですから」

「ふうむ。それもそうか」

シャンタルの機嫌はいいままだ。

ロッテに対する以外、シャンタルは常に機嫌がよい気がする。

「さて、ケイの弟子。これの解除を頼む」

「お断りします。聞かなくてもおわかりでしょう?」

「まあな、だが、断れば地上にいる弟子が死ぬことになるぞ?」

「それはないでしょう」

「なぜ、そうおもう?」

シャンタルの眉がピクリと動いた。

「聖女。私は擬体について理解を深めました」

「ほう?」

「同時に動かせるのは一体まで。違いますか?」

「なぜそう思う?」

「二体動かせるならば、本体と擬体二体で三か所の封印を解けるからです」

本体と擬体の意識が同一ならば、タイミングを合わせるのも容易だろう。

そして意識が同一ならば、本体の技術力と擬体の技術力も当然同じだ。

「………正解だ」

「そして、動かせる擬体は封印を解くための場所に移動済みでしょう?」

「なぜ、そう思う?」

「ケイ先生ならば、解くための場所の周囲を迷宮にするでしょう」

たどり着くために相当苦労するはずだ。

俺の協力を取り付けてから向かったとして、たどり着けるとは限らない。

恐らくガラテア帝国の精鋭冒険者パーティーと擬体が組んで、そのダンジョンを攻略したはずだ。

「精鋭パーティーは途中で全滅したか……最後に擬体に殺されたか、どちらにしろ無事ではないでしょうけど」

シャンタルが冒険者を無事に帰して機密が漏(も)れる可能性を残すはずがない。

「三回だ」

「何の回数です？」

「擬体ごとパーティーが全滅した回数だ。ケイの奴、本当に面倒なことをする」

だから、シャンタルは封印を解くための場所から擬体を動かせない。

「それに擬体の切り替えにそれなりに時間が掛かるのでしょう？」

「なぜ、そう思う？」

シャンタルが「なぜ、そう思う？」と言ったのは、この短期間で三度目だ。

ケイ先生もそうだった。

正解だったとき、それが正解だと伝える前にまず理由を尋ねるのだ。

ケイ先生とシャンタル、共通の癖(くせ)だ。

もしかしたら、二人を育てた者の口癖だったのかもしれない。

「擬体の切り替えを素早く行えるならば、二か所に擬体を置いて、切り替えながら徐々に解除を進めて、最後に一気に解除すればいいですから」

封印の解除は完全に同時でなくてもいいのだ。十秒程度の猶予がある。

封印解除の最後の一押しだけ揃えればいい。

もちろん難度は高い。だが、不可能ではない。

俺を説得するよりは簡単だ。

「意識を繋げるのですから、それなりの複雑な術式が必要でしょう？　恐らく数時間かかるのでは？」

「そこまでわかるか。ケイの一番弟子は優秀だな。教えたくないことまで見抜いていく」

「お褒めの言葉ありがとうございます」

「ちなみに、なぜ数時間かかると思った？　数分かもしれぬだろう？」

「前大王の封印に我々が到着してから、聖女の擬体がやってきたのが数時間後だったからです」

前大王が封じられていた湖底に到着してから、シャンタルの擬体が襲ってくるまで数時間あった。

シャンタルの擬体はあの近くに結界を張って、隠れていたに違いない。

俺たちがやってきたことに気付いてから起動して、数時間後に動けるようになったから襲ってきたのだ。

「ふむ。まあ、正解だ。だが、たまたまだな」

「たまたまとは？」

「お前たちの来訪を察知してから、数時間かけて駆けつけた可能性もあっただろう？」

「そう言う意味ならば、たまたまではありません」

「ほう？　理由を述べろ」

「先ほど遠距離通話用魔道具の仕組みがおわかりではないとおっしゃったではないですか」

音を遠くに届ける魔道具の仕組みがわからないのだ。

ならば、光などの情報を届ける魔道具の仕組みもわからないだろう。

だが、シャンタルは俺たちの来訪を察知した。

「擬体を通じて、情報を得ていたということでは？　私には仕組みはわかりませんけど」

「……ふむ。なるほど。あの質問からも、そこまで情報を得たのか。ううむ。ケイが気に入るはずだな」

楽しそうにシャンタルが笑う。

俺が地下に降りてから、シャンタルはずっと機嫌がいいままだ。

それが、俺にはどうにも不自然に思えた。


唐突に俺はケイ先生の手紙を思い出した。

『敵がこうであってほしいという願望は捨てよ。

敵は自分より強大で、賢い。そう考えるのが長生きするコツだ』

俺はシャンタルに自分の願望を押しつけていなかっただろうか。

自分より考えが浅いと、決めつけていなかっただろうか。

「聖女。お聞きしたいことが」

「どうした？」

シャンタルは、幼く見えるが、俺よりはるかに年上なのだ。

子供や孫を、もしかしたら曾孫やその先も育てた経験豊富な老女だ。

そのうえ、建国母として政治に関与してきた。

我が国の皇太子より、経験豊富で老獪な政治家でもある。

実際、俺たちは後手後手に回っていたはずだ。

何の見込みもなく、俺を呼び出して封印を解いてほしいと頼んだりするだろうか。

「聖女はどうして焦っていないのですか？」

俺は素直に疑問に思ったことを尋ねることにした。

相手の方が格上ならば、機嫌をよくして口を滑らしてもらおうなどと小細工を労しても効果は望めない。

子供のように素直に尋ねた方がいいはずだ。

「おかしなことを言う。焦る理由がないであろう？　全て計画通りなのだから」

「私はケイ先生の封印の解除に手を貸すつもりはありませんが、どうして焦らないのですか？」

俺が直截的に尋ねると、シャンタルは真面目な顔になった。

そして、俺の目をじっと見る。

無意識でシャンタルを侮っていたことに俺が自分で気付いたことに、シャンタルも気付いたらしい。

「ふむ。ケイの弟子。どこからだと思う？」

「いったい、なんのことですか？」

「どこから、今回のわらわの計画は始まっていたと思う？」

「……古竜の前大王が死んでからでしょうか？」

「もっと前だ。どうして、そなたたちは、あの湖底に向かった？」

「ユルングの出生の秘密を調べるために……」

「そうだ。そのユルングを湖底の封印の中から盗み出し、魔道具を取り付けたのは誰だ？」

シャンタルの口調は、孫を諭す祖母のように優しかった。

まるで俺が失敗したときのケイ先生のようだった。

「聖女です。まさかユルングを盗んだときから、今回の計画が始まっていたのですか？」

「違うな。ユルングを保護しても、そなたはユルングが古竜だと気付けないだろう？　ハティがいたからそなたは気付けたのだ」

「まさか、ハティに魔道具を取り付けたときから計画は――」

「惜しい。たしかにハティを操る魔道具を作り、手のものを使ってハティの頭に取り付けさせたのはわらわだ。だが、ハティにとりつけようと、あの場所にそなたがいなければ、ハティは勇者を殺して終わりだろう？」

「聖女は勇者を殺したいと思っておられたのでは？」

「あのな、ケイの弟子。育ってもいない勇者など簡単に殺せる。わざわざ古竜の王女に襲わせなくてもな」

シャンタルの言う通りだ。

ロッテを護衛していた騎士は、皆死んだと聞いている。

シャンタルが本気で殺す気ならば、ロッテは俺の元にたどり着けてすらいない。

「どうして、そなたはあの場所にいた？」

「ケイ先生の手紙に……研究室の防護をしっかりしろと書いてあったからです」

だから、結界発生装置を作るまでの間、荒野にあるケイ先生の研究所を使わせてもらうことにしたのだ。

「違うだろう？　学院をクビになったからだ」

「それはそうかもしれませんが……」

「どうした？　明晰なケイの一番弟子ともあろう者が、まだ気付かぬか？」

「……俺が学院をクビになったところから、この計画が始まっていたと？」

「そうだ。学院長、魔道具学部長、それにゲラルド商会の背後に誰がいたかは、そなたも知っているのだろう？」

学院長たちの背後には光の騎士団がいたと聞いている。

そして、光の騎士団が所属する神光教団の教祖はシャンタルなのだ。

当然、学院長たちを意のままに動かすのは難しくなかっただろう。

「正確に言うと、ケイが神の声を聞き学院から去ったのを見て、かねて準備していた計画を動かしはじめたということだ」

「いつから、準備を始めたのですか？」

「最初は大魔王と戦ったときだった」

「……千年前ということですか？」

「そうだ。わらわとラメット、ケイ。三人の中で最も優秀だったのはケイだ。だが、神が選んだのはわらわとラメットだった。ならば次、神に選ばれるのは、当然ケイだろう？」

神に選ばれてラメットは勇者に、シャンタルは聖女になった。

そして、今、ケイ先生は邪神に選ばれ、大魔王になろうとしている。

「つまり、聖女はケイ先生が大魔王になることを防ごうとしていたのですか？」

「そうではない。……いやこれは、神に選ばれなければ理解できぬことだ」

「どういうことでしょうか？」

「神に選ばれるというのは不幸なことではけしてない。わらわも、ラメットも幸せであったよ」

「ですが聖女。大魔王は自我を失い暴れ続けるようになると、ケイ先生や古竜の方々にお聞きしましたが……」

「それは誤解だ。あくまでも神の祝福だぞ。自我を失い暴れ続けることのどこが祝福といえる？」

「ですが、ケイ先生に祝福を与えようとしているのは邪神ですよ？」

「神に聖邪があるわけなかろう」

「聖女であるあなたがそれを言いますか」

しかし、神に聖邪はないというのは、古竜の方々も言っていたことだ。

聖邪というのはあくまでも人の基準。

神がその枠に当てはまらないというのは当然にも思える。

神の聖邪についても気になるが、今大事なのはそこではない。

「聖女。神に選ばれても自我を失うわけではないと？」

「実際、わらわは自我を失っていない。昔からこんな性格だ。嘘だと思うならばケイに聞けば……、封印を解いたあとに聞けばよかろう」

「ですが、呪われし大教皇の性格は激変したと聞いていますが」

呪われし大教皇となった魔猿は元々強さと賢さで高名だったと、ケイ先生も古竜たちも言っていた。

「とても賢い魔猿だったのだろう。だから、討伐されずに済む方法を学んだのだ」

「そのために温厚にふるまったと？」

「いくら強力な魔物だろうと人が本気になればかなうわけがない。他の強力な魔物が討伐されるさまを見て、それを理解したのだ」

「……なるほど、つまり、魔猿は理性で破壊衝動を抑えていたと、聖女は考えておられるのですね」

「その通り。魔猿は、元来凶暴なものだ。神に選ばれたことで、本性が表に出ただけで、自我を失ったわけではない」

「ですが、理性で欲望を抑えきれなくなったのならば、それは自我を失い人格が変わったといっていいのでは？」

「違うぞ。神が与えるのは力だ。力を得て振る舞いが変わる者は少なくない。だが、本人次第だろう？」

金を得て、地位を得て、体を鍛えて強くなって、振る舞いが変わる者は沢山(たくさん)いる。

だが、それを自我を失ったと表現するのは違う。

「人族が大魔王になったケースが、過去にあったとお聞きしましたが……」

「あれのことか？　詳しいな」

コラリー用魔道具の出自を聞いたときに、グイド猊下から教えてもらったことだ。

大賢者の愛弟子が大魔王になったという。

「人族は残酷なことをする。そうだろう？」

「それは、はい」

ユルングに対して、そしてコラリーに対して残酷なことをしたのはシャンタルである。

どの口で言うのかと思ったが、指摘はしない。

「大魔王は暴れたと聞いたか？」

「そこまでは聞いておりません」

「人はな、大魔王というだけで殺そうとするのだよ。どのような大魔王だったか、きちんと聞くまで真相はわかるまい」

グイド猊下は大魔王となった愛弟子の性格や振る舞いについて言及はしていなかった。

「もちろん、わらわも生まれていない時代の話だ。大魔王となった者はかつてひどい目に遭っていて、力を得て復讐しようとしたのかもしれぬ。元々、残虐な性格をしていたのかもしれない」

そしてシャンタルは繭の中に浮かぶ全裸のケイ先生を見る。

「だが、ケイは、いい大魔王になるだろう。ケイの一番弟子たるお主もわかっているのではないか？」

「……それは」

「力を得たら、ケイは世界を、国を、人類を滅ぼそうとすると思うか？」

「思いません」

「であろう？　協力してくれぬか？」

そう言って、シャンタルは微笑んだ。

シャンタルの言葉を嘘と断じる情報を俺は持っていない。

それにシャンタルがケイ先生のことを大切に思っているのは間違いないとも思う。

「……聖女」

「決心が付いたか？」

「いえ。聖女のおっしゃることはわかりました。ですがケイ先生の指示ですので、従えません」

シャンタルはケイ先生以外をどうでもいいと思っている節がある。

そんなシャンタルの言葉に従えば、大変なことが起こる気がしたのだ。

「ふむ。そうか」

シャンタルはケイ先生の入っている繭を愛おしそうに撫でる。

「つまり、そなたは、ケイがこの繭から死ぬまで出られなくともよいと？」

「それが……ケイ先生のご意志ならば」

「この繭に入っていれば永遠に生きていられるわけではないぞ？　前大王のように、ゆっくりと腐り、苦しみの中死んでいく」

シャンタルは俺の目をじっと見る。

「それを本当にケイが望んでいるだろうか？」

「たとえそうであっても、私は協力できません」

「そうか、残念だ」

シャンタルはあっさりと引き下がる。

相変わらず、シャンタルからは焦りを全く感じない。

「ん？　ケイの弟子。まだわからぬか？」

楽しそうにシャンタルは言う。

俺がここにいて、しかもシャンタルの誘いを断ることはかねてよりの計画の通り。

ということは、

「封印を解く手段は、他にもあると」

「当然だ」

「それは一体、どのような手段で……」

「そなたが思いつかぬのであれば、魔法ではなく神の奇跡であろうよ」

そう言われても、俺には全く思いつかなかった。

「ヒントをやろうではないか。全て計画通りだとするならば、ガラテア帝国軍は一体何のためにいると思う？」

「それは……」

俺がここにやってきたのはガラテア帝国軍の侵攻があったと、父から聞いたからだ。

だが、俺をここに呼ぶだけならば、軍を動かすまでもない。

辺境伯家の防備を薄くするためだろうか。

それも、軍を動かさなくても、もっと簡単に達成できるはずだ。

「古来より人族は神の力を強めるために生け贄を捧げてきた」

「……まさか」

「三万の人の命を一度に捧げれば、神の力は強まるだろう。そしてわらわは神に力を与えられし聖女である」

シャンタルは右手を握りしめると、ケイ先生の入っている繭を強めに殴る。

「強化されし神の力を使えばこの封印を叩き壊すことは難しくない」

「………………」

「だがな、なるべく短期間に三万の命を奪わねばならぬのだ。古竜のブレスでもないと、それが難しくてな」

古竜がひどい目に遭えば、大王には報復の義務が生まれる。

だから、シャンタルは大王にガラテア帝国兵を殺させるためにユルングをさらって、ひどい目に遭わせた。

それも計画の一部だとシャンタルは言っている。

俺は大王に通じる遠距離通話用魔道具を、魔法の鞄から右手で取り出して――

――ドシュッ

衝撃と強い熱さを感じるのと同時に、俺の右前腕の半ばから、血が噴き出した。

遠距離通話用魔道具を握ったままの、右前腕が床を転がる。

「連絡はさせぬよ？」

シャンタルが優しい笑顔で言う。

油断していたとはいえ、攻撃が見えなかった。

「……速いですね」

「そなたも千年、いやそなたなら五十年も経てば同じことができるであろう」

擬体とは比べ物にならない強さだった。

油断しているつもりはなかった。だが油断していたのだろう。

本体の姿があまりにも擬体に似ていた。姿だけではなく気配も魔力も、全てが似ていたのだ。

だからこそ、油断してしまった。

本体も戦った擬体程度の強さだろうと。

シャンタルは、ケイ先生の双子の妹なのだ。弱いわけがない。

ケイ先生から何度も何度も油断するな、慢心するなと言われ続けていたのに。

「聖女、今のは何の魔法ですか？」

俺は左手で、右手をきつく握って止血する。

「ん？　単純に魔力の塊を飛ばしただけであるぞ。シンプルな魔法こそが実戦では役に立つゆえな」

「……肝に銘じます」

左手で押さえても、血は止まらない。

床が真っ赤になっていく。

「ほら。腐ったら回復魔法で繋げるのも難しくなるえ、魔法の鞄にでも入れておくがいい」

シャンタルは遠距離通話用魔道具を破壊してから、床に転がる俺の右腕を拾ってこちらに差し出してくる。

「治してはくれぬのですか？」

シャンタルなら切断された片腕ぐらい、一瞬で治せるだろう。

俺は左手で右腕を受け取る。

左手を離した瞬間、吹き出る血の量が多くなった。

「わらわに協力するか？」

「それはできません」

「虫がよすぎるだろう？　治してやるわけにはいかぬ」

「そうですか」

俺は受け取った右腕を魔法の鞄の中に入れた。

そして、代わりに紐を取り出して、右上腕を縛り、止血する。

それでも複数の動脈が切れているのだ。血の流出量が多少減ることはあっても止まらない。

このままでは命に関わる。

「このまま待っていたら、ケイの封印は破れる。それまでにそなたの命があるとは限らぬが……」

「ケイ先生が私の死体をみたら、怒るのでは？」

「怒るであろうなぁ。早く大王が三万の贄を捧げてくれるとよいな？」

つまり、俺が死ぬとしても治癒魔法は使ってくれないらしい。

俺は自分の命を救い、事態を打開するために口を開く。

「……聖女。三万の兵を殺すのはどこでもいいというわけではないのでしょう？」

「もちろんだ。予め用意した魔法陣のようなものの上で死んでくれなければ困る」

魔力と神の力を流す回路を地上に用意してあるのだろう。

「その上に兵士が乗っているときに、タイミングよく大王が襲いかかるとは限らないのでは？」

もし兵士を贄として力を得る作戦が確実ではないならば、俺という保険が必要になる。

そう思わせたかったのだが、

「あのなぁ。期待を持たせぬよう言っておくが、ガラテア帝国の指揮官にもわらわの手のものはいる。兵は回路の上から動か――」

俺はシャンタルの言葉が終わる前に魔法を放つ。

虚を突くために、予備動作無く魔力の塊をただ高速でぶつけた。

兵を回路の上に維持することができるなら、シャンタルを倒すことでしか現状は打開できない。

「驚いたぞ。速いな？」

会話の途中だったにもかかわらず、シャンタルは右手で俺の魔法を防ぎきる。

そのときには、俺は既に次の攻撃に入っている。

右腕からの失血のせいで、時間の経過は俺にとって不利に働く。

それに時間が経ち、大王の報復が完了すれば、シャンタルが強くなる。

そうなったら手の施しようがない。

「わらわを殺すしかなかろうな。だが、殺せるか？」

「他に選択肢がないなら、やるしかないでしょう」

俺の攻撃をシャンタルは一歩も動かず防いでいく。

魔道具を使おうと、魔法の鞄に手を入れようとすると、

「それは許さぬ」

楽しそうなシャンタルから強力な攻撃が飛んでくるのだ。

魔道具や武器を取り出す隙が無い。

「魔法の鞄の弱点に初めて気付きましたよ」

本当の強敵と戦う際、手を入れて中から取り出すまでの一瞬が致命的な隙になる。

「実戦で使わねばわからぬことは多いものだよ」

まるでケイ先生のようにシャンタルは言った。

素手で戦うしかない。

俺は狭い室内を走り回り、あらゆる角度から魔法を放つ。

「若いわりに、よくやっている。千年前のラメットとわらわを、いやケイすらも凌ぐのではないか？」

上から目線で論評しながら、シャンタルは俺の渾身の攻撃を容易く凌いでいく。

シャンタルの隙を突くのは難しい。

このままでは、血と体力と魔力を失い、先に倒れるのは俺だろう。

攻撃しながら頭を動かし考える。

ケイ先生の「わしよりずっと弱い君は、もっと考えなくてはならない」という言葉を思い出す。

ケイ先生よりも、そしてシャンタルよりも俺はずっと弱いのだ。

俺は繭の封印に目を向ける。

シャンタルの表情が一瞬歪んだ。

ケイ先生の入っている繭は正規の方法で解除するには三か所で同時に作業する必要がある。

そして、一か所でその作業をすると、ケイ先生を殺す仕掛けが作動する。

俺はシャンタルに攻撃を加えながら、繭に向かって魔力を飛ばす。

一瞬でシャンタルは移動して、繭の前に立ち塞がって魔力を防いだ。

「……殺す気か？」

「聖女は止めてくださると思っていましたよ」

俺が飛ばしたのはただの魔力ではない。

封印解除を作動させるための術式を織り込んだ殺傷力の高い魔力だ。

遠隔で解除しきれるほど単純な封印ではないが、封印の解除を始めることはできる。

しかし、始めた後、中断したら、タイミングがずれたと判断され、ケイ先生を殺す仕掛けが作動する。

「厄介だと思いませんか？」

俺はシャンタル目がけて、殺傷力の高い魔力を飛ばす。

それをシャンタルは片手で防いだ。

「ああ、思うよ、ケイは厄介な奴を弟子にしたものだ」

「違いますよ。仕掛けです。無事に外に出すのは難しいのに、殺すのは簡単だ」

「何を今更。だからこそ、わらわは苦労しているのだ。そなたもケイを殺したくないと思っているのではないのか？」

「ケイ先生は死にたがっているのでは？　それが先生のご意志では？」

「お前は、大切な者が死にたがっていたら殺すのか？」

シャンタルは俺を睨み付けた。

それを無視して、俺は術式を織り込んだ魔力を飛ばす。

正確には術式を織り込んだ、殺傷力の高い魔力を、シャンタルを狙わずに撃ち込んだ。

それをあらゆる角度から、同時にいくつも放った。

「……厄介な」

その全てをシャンタルは迎撃しなければならない。

俺の放った魔力が、どれか一つでも繭にたどり着けば解除が始まり、結果的にケイ先生は死ぬ。

シャンタルはケイ先生のことだけは大切なのだ。それを利用するしかない。

「恩しらずが！　お前には人の心はないのか！」

ケイ先生を人質にしていることをシャンタルは非難する。

だが、先生を殺したくないとか、そんな生ぬるい葛藤をしている余裕は俺にはない。

シャンタルが罠に嵌めた三万人のガラテア帝国兵士の命を気遣う余裕もない。

人類の未来が掛かっているのだ。

ケイ先生に言われた「ヴェルナー。頼むぞ？」という言葉が脳内に響く。

それに「わかっています。お任せください。先生のことはきっちり殺してみせましょう」と俺は返したのだ。

「一番弟子として、弱いなりに全力を尽くさなければなりませんから。信じていますよ」

「なにを信じると――」

俺は術式を込めた殺傷力の高い魔力を、大量に一気に放つ。

それはシャンタルを指向しない。

あらゆる方向から、タイミングをずらし、繭を目指す。

大量の術式を込めた魔力に、シャンタルの意識が向かった。

つまり、俺の魔法の鞄への意識が弱まる。

俺はその隙を突いて、魔法の鞄から、鉱山用爆弾魔道具を十個と結界発生装置二個を取り出し、

「なっ！　よせっ！」

シャンタルが魔道具を認識した直後、爆弾を十個と結界発生装置を同時に作動させ、爆風が繭に集中するように結界で放物曲面を作り出す。

同時に、術式を込めた沢山の魔力を爆風に混ぜて繭に向けて飛ばした。

——ガッ

強烈な光と音。

結界発生装置の結界が、ミシミシと音を立てた。いつ破れるかわからない。

爆発の寸前、俺はもう一つの結界発生装置を使って自分を覆う形で展開している。

爆風と崩落してくる天井から身を守るためだ。

第十章 聖女と大賢者

無事に爆風が部屋ごと吹き飛ばしたのを確認しつつ、魔法の鞄から剣を取り出して腰に差し、ハティに通じる遠距離通話用魔道具をを取り出した。

「ハティ！　無事か!!」

『地面が吹き飛んだのじゃ！　でも、無事なのじゃ！』

どうやら、ハティのいる地表まで爆風は届いたらしい。

はしごを下りて底に付いたときは、俺の身長の四十倍ほど降りた。

だが、予想していた通り、横穴を進む間に、比較的地表近くまで上昇していたらしい。

「よし。ハティ、すぐに大王に連絡して、報復を中止してくれるよう伝えてくれ」

『なんで、いや、わかったのじゃ！』

爆弾を一気に爆発させたとはいえ、シャンタルを殺せたとは思っていない。

俺自身、生きているのだ。

小細工を色々弄したとはいえ、シャンタルが凌げないとは思えない。

だが、シャンタルを殺すことが真の狙いではない。

狙いは天井、つまりハティの言う地面を吹き飛ばすことだ。

『それと主さま、ユルングが来たのじゃ（りゃー）』

ハティの声にユルングの声が混じる。

「え？　どうして？」

『ユルングは寂しくて王宮を抜け出して、一人で飛んできたみたいなのじゃ（りゃっりゃ！）』

「そんな、赤ちゃんなのに。とりあえず、しっかり抱っこしてやってくれ」

『任せるのじゃ』

古竜というのは赤ちゃんでも想像以上の力を持っているらしい。

グイド猊下は多分、慌てて心配しているに違いない。

「ユルングのことはさておき、……上出来だ」

帝国兵を贄として神に捧げる魔法と奇跡の魔法陣は複雑なはずだ。

地表の魔法陣と地下のシャンタル。

その二つを繋げるなら回路は、天井を通るはずである。

その回路を破壊するために、俺は天井ごと吹き飛ばしたのだ。

「聖女の意識を繭に向ける作戦は上手くいったか」

単に爆発させても、シャンタルは繭も天井も同時にかばっただろう。

だから、術式を込めた魔力で、散々繭を意識させたのだ。

加えて爆風に術式を込めた魔力を混ぜて、シャンタルに繭を守ることを第一に考えさせた。

「回路ごと天井を壊せたから……帝国兵が死んでも、聖女が強化されることはないかな？」

シャンタルを殺せてない以上、まだ危機は続く。

だが、計画を一つ防いだ。それにこの有様だ。

天井は崩落し、繭もシャンタルも、そして俺も生き埋めになっている。

もちろん、爆風で下から上に吹き飛ばしたのだから、俺たちの上にある土砂はさほど多くないだろう。

それでもシャンタルは無傷ではないだろうし、すぐには動けまい。

「ケイ先生の言うとおり、ロッテを鍛えないとな。俺一人では荷が勝ちすぎる」

だから、ケイ先生はロッテを育てろと何度も言っていたのだろう。

二週間鍛えただけだというのに、ロッテの成長は著しいものがあった。

「あれが神に選ばれた存在というものか」

シャンタルとの戦いもロッテがいればもっと楽に戦えた。

コラリーもロッテほどではないが成長している。

コラリーとロッテ、それにハティがいれば、もしかしたらシャンタルを殺しきれたかもしれない。

そんなことを考えながら、切断された右前腕部に傷薬を塗って、包帯を巻く。

紐の代わりにちゃんとした止血帯を使って止血する。

それでも血は止まらない。

「本格的な治療を早く受けないと不味いな」

血を失いすぎた。

そのとき、遠距離通話用魔道具からハティの慌てる声が聞こえた。

『主さま！　た、大変なのじゃ！』

「どうした？」

『父ちゃんが！　三万の兵をもう討伐してしまったのじゃ！』

「なに？」

三万の人命が失われたことに思いをはせる余裕はなかった。

突然、結界の外が明るくなった。

結界の外を埋め尽くしていた土砂や瓦礫が吹き飛んだのだ。

「やるじゃないか」

瓦礫を吹き飛ばした張本人シャンタルがべたっと、俺の結界にへばりつく。

俺が起こした爆風で吹き飛んだのか、シャンタルは一糸纏わぬ恰好だ。

右脇腹や左肩、両太ももが裂けて血が出ている。

右腕など、骨が折れているのか、あらぬ方向に曲がっていた。

シャンタルは、回復魔法を自分に掛けることもせず、右頬を、胸を、太ももを、結界にべたり押しつけている。

「ヴェルナー。これでは計画を修正しなければならぬではないか」

――メリメリメリメリ
嫌な音を立てて、シャンタルが結界にめり込んでくる。

結界は外から中は見えていないはずだ。

だが、シャンタルの血走った目はまるで見えているかのように、俺をまっすぐに睨み付けていた。

「聖女に名前を呼ばれたのは初めてでしょうか？」

聞こえるはずもないが、俺はシャンタルに語りかける。

仕組みはわからないが、湖底で戦ったときシャンタルは俺の結界を通り抜けてみせた。

今もメリメリと嫌な音を出しながら、徐々にシャンタルは結界を通過しつつある。

俺は着々とシャンタルを迎え撃つ準備を行う。

結界を通過して、こちら側に入った瞬間が隙となる。

そこを狙って最大火力の攻撃で吹き飛ばすしかない。

俺は魔法の鞄から魔力を集める魔道具を取り出した。

コラリー用魔道具に使ったのと同種のものだ。

それを使い魔力を収束し、照準を合わせる。

「ヴェル――」

シャンタルが結界の中に顔を突っ込んだ瞬間、その顔目がけて渾身の魔法を打ち込んだ。

属性のない無属性の魔力弾だ。

その魔力弾をシャンタルは顔面でまともにうける。

頭ごと消し飛ぶ威力だ。

「魔力弾にしたのは正しい。火炎や氷では、自身も被害を受けかねぬからな？」

だが、全てを受けきり、シャンタルはにやりと笑った。

「正しいからこそ読める。読めれば対策はできる。しかも二度目だろう？」

湖底での戦いにおいても結界を破った瞬間を狙って全力で攻撃を仕掛けた。

そのことを言っているのだろう。

シャンタルは先ほどまで激昂していたと思えぬほど冷静だ。

激昂自体、俺を狙い通りに動かすための演技だったのかもしれない。

「ヴェルナー。受けるがよい」

頭だけ結界内に突っ込んだ状態でシャンタルは口を開く。

ブレスを吐こうとしている竜のように、喉の奥が光って、ギュウインギュウインという嫌な音が鳴った。

シャンタルの口腔内で、魔力がどんどんと濃縮されていく。

その密度は尋常ではなく、かすっただけで全身が吹き飛びそうなほどだ。

「いや、魔力じゃない。神の奇跡の力か！」

そう言うと、シャンタルは口を開けたまま目だけで笑う。

シャンタルは三万の贄を捧げたことで力を得たようだ。

どうやら俺は間に合わなかったらしい。

これほど濃密な神の奇跡の力にどれだけ効果があるのかわからないが、結界発生装置を準備する。

一瞬、シャンタルの目が更に笑う。まるで嘲っているかのようだ。

――キュウウウイイインン

シャンタルの口腔から聞こえる音が高くなる。

食らえば死にかねない。

俺は自分を覆っていた結界を解除して、回避するため後方に跳ぶ。

まさにシャンタルの口から奇跡の力が放たれようとした瞬間、

「……っ！」

シャンタルも後方に跳んだ。

「はあああああああ！」

真横から飛ぶように駆けてきたロッテがシャンタル目がけてラメットの剣を振るう。

シャンタルは咄嗟にかわしたが、ロッテの剣は一瞬伸びて、シャンタルの右腕を斬り飛ばした。

口内に溜めていた奇跡の力は明後日の方向に飛んでいく。

「お前のような者が、ラメットの剣を！　ゆるさ――」

激昂するシャンタルの言葉を遮る形で、ロッテは淡々という。

「まず右腕。お師さまの分」

そして、ロッテは目にもとまらぬ速さでシャンタルに襲いかかる。

「下郎が！」

シャンタルが左腕を前に出し、ロッテ目がけて魔法を放つが、

「……させない」

コラリーの展開した障壁がその魔法を全て防ぐ。

コラリーは魔道具の性能を十二分に発揮させている。

障壁の展開は速く、頑丈で、消費魔力も抑えられていた。

「主さま、右手がないのじゃ！」

「りゃ！」

大きな状態のハティが心配そうに駆けつけてくれる。

ハティの頭に乗っていたユルングが俺のお腹に飛びついた。

「ユルング、無事でよかった」

「りゃむ」

右手を心配して手を伸ばすユルングを、俺は無理矢理服の中に突っ込む。

「ユルング、後でな。ハティ、シャンタルを仕留めるぞ」

「わかったのじゃ」

俺が天井を吹き飛ばし、積もった瓦礫をシャンタルが吹き飛ばした。

おかげで、ハティやロッテ、コラリーが駆けつけることができるようになったのだ。

今もロッテが剣でシャンタルを追い詰め、シャンタルの攻撃をコラリーが防いでいる。

「ロッテの動きが、昨日より速くなってないか？」

「そうなのじゃ。突然ロッテの力が漲ったのじゃ」

「ふむ」

もしかしたら、贄の効果だろうか。

神が強化されることで、シャンタルも強くなったが、ロッテも強くなった。

「ロッテとシャンタルの神は同一なのか？」

勇者と聖女。同じ神でもおかしくない気はする。

「全ては後回しだ」

ロッテもコラリーも強いとはいえ、シャンタルに勝てるほどではない。

俺とハティも急いで戦闘に参加する。

シャンタル目がけて魔法を飛ばす。

コラリーに守られた勇者ロッテの猛攻を凌いでいるシャンタルに、俺とハティの魔法攻撃が降り注ぐのだ。

「チィ！」

シャンタルは忌ま忌ましげに吐き捨てる。

致命傷はまだ負っていないとはいえ、シャンタルの全身が傷ついていく。

俺はシャンタルに攻撃しながら、ケイ先生の繭を探す。

少し苦労して瓦礫に埋もれている繭を見つけると、

「聖女！」

大声で呼びかけ、意識をこちらに引きつけてから、俺は術式を込めた魔力を繭に向けて放つ。

「きさ……」

シャンタルは繭を防御し、その一瞬でロッテに左腕と右足を切断された。

シャンタルが反撃でロッテ目がけて飛ばした魔法はコラリーが障壁で完全に防ぐ。

シャンタルは両手と片足を失い、ケイ先生の繭の横に転がった。

シャンタルの流した血が広がる。

俺とハティは素早く駆けつけ、とどめを刺そうとしていたロッテを手で制した。

コラリーはロッテの後方で、油断なく構えている。

「聖女……」

「りゃぁ……」

ユルングは俺の襟元(えりもと)から顔だけ出して、心配そうにシャンタルを見つめている。

「何もいうな、ケイの弟子。そうか。神に選ばれし者が他にもいたな」

「…………」

「そなたが、回路を吹き飛ばさなければ、わらわにだけ力が与えられ……ぐふ」

シャンタルは口から血をあふれさせる。

「ケイの弟子。言わなくてはならぬ事があるのだが」

「なんでしょう」

「わらわは聖女だ」

「はい」

何を今更と思ったが、シャンタルはにやりと笑った。

「どうして……治癒魔法を使わないと思う？」

　確かにおかしい。

　シャンタルであれば、一瞬で全ての傷を癒やせるだろうに、今死にかけている。

　つまり使わないのではなく使えないのだ。

「こういう……ことだ！」

　直後、シャンタルの周囲に広がっていた血だまりが輝いた。

「わらわの血と両腕と右足、奇跡の力を贄として捧げよう。顕現せよ！　至高なる神」

　次の瞬間、雪雲が割れ、青空がのぞき、まるで稲妻のような光が走り、ケイ先生の繭に落ちた。

「……成功だ。ヴェルナー、ケイの一番弟子よ。そなたのせいで、わらわの血が必要になったではないか」

　シャンタルは口から血をあふれさせながら、にこりと笑う。

「今のは……？」

「そなたらは運がいいぞ。至高なる聖なる神、その拳だ。敬虔な者ならば感涙にむせび泣くところだ」

　神を呼びつけて、繭を殴らせたということらしい。

「さあ、ケイ。さっさと出てくるのだ」

　シャンタルは繭に向かって呼びかける。

　神の拳に殴られた繭にはひびが入り、そのひびがどんどん広がっていった。

「目覚めよ！　ケイ！　この世界はお前のものだ！　恣にするがいい！」

繭が割れ、俺たちが身構え、中から全裸のケイ先生が出てくる。

繭の中は液体で満たされていたらしく、全身が濡れていた。

「ふむ？」

ケイ先生はシャンタルを見て、それから俺とロッテ、コラリー、ハティの順に見回した。

ケイ先生から殺気は感じない。嫌な感じもしない。

だが、大魔王かもしれないのだ。

そのときは弟子として殺さねばならないかもしれない。

周囲を見回したケイ先生は、

「……この！　バカシャンタル！」

シャンタルを頭をげんこつで殴り、

「ふぇぇ」

シャンタルは泣いた。

それはまるで幼い子供のような泣き声だった。

終章　神の「祝福」

「ヴェルナー、察しは付いているが、現状を教えろ」

「はい、先生」

　俺はケイ先生にこれまでのことをかいつまんで説明した。

　説明を聞いた後、ケイ先生は改めてシャンタルに言った。

「本当にバカだよ」

「ごめんなさい、おねえちゃん」

　シャンタルは人が変わったようだった。

　口調も態度も表情も違う。

「我が弟子の右腕を吹き飛ばしやがって……、お前の右腕がまだ付いていたら吹き飛ばしてやったところだ」

　シャンタルの右腕と左腕、右足は既にない。

「治癒魔法はもう使えないのだろう？　シャンタル、その怪我(けが)では死ぬしかないぞ」

「うん。わかってる。でもいいんだ。お姉ちゃんが無事なら」

「……愚かな。そのようなこと我が望んだか？　我が嬉(うれ)しいとでも思うのか？」

ケイ先生が苦虫をかみつぶしたような顔をする。

「りゃあ〜」

一瞬の隙を突いて、俺の服の間から、ユルングが飛び立った。

普段の動きより相当速い。

なるほど、この緩急の動きで、グイド猊下の元から逃げ出したのかと感心していると、

「りゃ」

ユルングはシャンタルの頭の上に乗った。

そして周囲をキョロキョロ見回して何かを探すと、諦(あきら)めたのか力を溜(た)め始める。

ゆっくりと両手が鈍く光っていく。

「ユルング。仇(かたき)だ。お前には我が妹を殺す資格がある」

「りゃあああああ」

ユルングは光る手をシャンタルのおでこに当てる。

その輝きはシャンタルの全身に広がった。

そして、シャンタルの血が止まり、傷が癒えていく。

さすがに欠損部位は再生しないが、生命の危機は脱したように見えた。

「治癒魔法？　だと？」

驚くケイ先生に、ユルングはどや顔すると、

「りゃむ」

と鳴いて、俺の元に戻ってくる。

「ユルング、腕を上げたな」

「りゃむ」

古竜の神官ゲオルグの治癒魔法を見た後、ユルングはロッテに治癒魔法をかけていた。

だから治癒魔法を使えることには驚きはない。

だが、その効果が想像以上に高かった。

「どうして……わらわは……そなたにひどいことを……」

「ユルングは優しいのじゃ」

ハティはほっとした様子だった。

そのままユルングがシャンタルを殺すのではないかと思ったのだろう。

「りゃむ？」

ユルングはシャンタルたちの様子を気にする様子はなく、俺の右腕を撫でる。

「治癒魔法を掛けてくれるのか？」

「りゃ！」

「違うのか？」

「りゃ〜〜」

ユルングは鳴きながら、魔法の鞄の匂いを嗅いでいる。

「主さま。もしかしたら、ちぎれた右手を鞄の中に入れているのではないかや？」

「入れているが……」

俺は魔法の鞄から右前腕部を取り出した。

「りゃむ！」

ユルングは俺の右腕に巻かれた包帯を爪で切り、傷口を露出させる。

「りゃ～～」

「主さま、傷口に腕をくっつけるのじゃ」

「おお？」

「りゃむ！」

次の瞬間、ユルングの治癒魔法が発動し、俺の右腕がくっついた。

「おお、ユルングありがとう」

「りゃ！」

一声、満足げに鳴くと、俺の服の中に潜っていく。

治癒魔法の使いすぎで疲れたのかもしれない。

「シャンタル」

「なに？　お姉ちゃん」

「千歳にもなってお礼もいえんのか」

「……ありがと」

「りゃ」

ユルングは俺の服の中から眠そうな声で返事をした。

「ユルングは天才だな」

「ゲオルグさんもそう言ってました」

「そうか、あのゲオルグが」

俺は魔法の鞄から適当な外套を取り出して全裸のケイ先生にかける。

ついでに、シャンタルにもかけておく。

ユルングが治癒魔法を掛けたのに、このままだと低体温症で死んでしまうからだ。

「ありがと」

俺が外套をかけたのを見て、ケイ先生は頭を下げると、魔法を使う。

先ほどケイ先生に説教されたせいか、シャンタルは素直に礼を言った。

「ヴェルナー、ロッテ、コラリー。ハティとユルング。愚妹が迷惑を掛けた」

俺たちは無言で軽く頭を下げた。

それから、ケイ先生はシャンタルを球状の障壁で覆って、風を防ぎ、中を魔法で温めた。

結界ではないので、空気や音、光を完全に遮断しているわけではない。

「ありがとう、ヴェルナー。愚妹が生きることを許してくれて」

俺がシャンタルに外套をかけて延命させようとしたのをみて、ケイ先生はシャンタルを延命させることにしたらしい。

「お礼ならばユルングに言ってください」

「そうだな」

「ケイ先生、神の声は？」

「……聞こえないな」

「そうですか。それはよかったですね。大魔王にならずにすんだのなら、それに越したことはありませんから」

「どうだろうなぁ」

「神に選ばれたら、もう神の声は聞こえないよ。わらわもそうだったもん」

障壁の中でシャンタルが幼児のように言う。

「いいから、お前は眠っていなさい」

「うん、お姉ちゃん」

シャンタルは素直に目をつぶる。

それをみて、ケイ先生はシャンタルを包む障壁を撫でた。

「シャンタルは……虫も殺せぬような大人しい子でな。人見しりが激しくて……いつもわしの後ろをついて回っていた。意外だろう？」

「想像もつかないと言いたいところですが……ケイ先生を前にしたら急に性格が変わりましたね」

「シャンタルが神に選ばれ性格が変わったのは事実。お前たちが見た傲岸不遜（ごうがんふそん）で人の命をなんとも思わぬ性格は神に選ばれた後のこと」

シャンタルの激変をしっていたからこそ、ケイ先生は変化しないために自ら封印の中に入ったのだろう。

「その聖女が、急に戻ったのはどうしてですか？」

「シャンタルは、もう聖女ではないのだろう？」

神の拳を召喚するために自らの血と手足に加えて、奇跡の力を捧げた。

いや、奇跡の力は、元々神のものだから返還したというのが正しいかもしれない。

「神の拳を召喚し終えた段階で、性格が戻っていたのかもしれぬな」

だが、完全に幼児化したのはケイ先生に叩（たた）かれてからだ。

叩かれたことで、幼少期を思い出し、聖女としての千年間の影響が薄れたのかもしれない。

「全ては神のみぞ知るだ」

「ともかく、ケイ先生が無事でよかったです」

「それはどうだろうな？」

ケイ先生はもう一人の神に選ばれし者であるロッテを見る。

それから、ユルングを俺の服ごしに撫でた。

「シャンタルの次に神が選んだのが、ユルングでなければいいのだが」

「まさか、まだ赤ちゃんですよ？」

「神の選定基準などわからん。それに欠損部位を癒やすなど、まるで聖女の技ではないか」

「それは、そうですが……」

不安になる。

可愛くて優しいユルングが、豹変したらどうしよう。

ケイ先生はユルングが聖女として選ばれたと言いたいようだが、大魔王ではないとなぜ言えるのか。

そんな俺の不安に気付いたのか、ケイ先生は、

「ま、気にしても仕方あるまい。どうせ神にしかわからぬ」

そう言って、俺の頭をわしわしと撫でた。

「ヴェルナー。ともかく、よくやった」

「いえ、反省すべきことばかりです」

「いいや、お前はよくやった。ロッテ、コラリー！」

「はい」「……ん」

「お前たちもよくやった！」

ケイ先生はロッテとコラリーの頭も撫でる。

「ハティ。助かったよ」

「ハティは主さまの従者として当然のことをしただけなのじゃ！」

「ヴェルナーを今後とも頼む」

「任せるのじゃ！」

ハティは誇らしげに尻尾を揺らす。

「さて、わしは愚妹を連れて、姿を消そう」

「辺境伯家によらないのですか？」

「いや、やめておいたほうがよかろう。色々な」

シャンタルはガラテア帝国の要人なのは間違いないし、皇国に大きな被害をもたらしたのも事実。

「じゃあ、古竜の王宮に行くといいのじゃ」

「それもなぁ。愚妹はやらかしすぎた。愚妹を見れば、大王は報復の義務を果たさねばならぬかもしれぬ」

前大王を悪用しようとして、ユルングに対してひどいことをしたのも事実。

「しばらくは姿を消すのがよいだろうさ。愚妹もこんな状態だし」

「連絡はしてください」

「わかっている」

「先生はどこまで読んでいたんですか？」

「読んでなどいない。わしは愚妹とは違うのだ」

シャンタルは千年前から計画を立てていた。

「そもそも神のことは考えるだけ無駄。そして人族も想像も付かぬことをする。だから未来がどうなるか不確定要素が多くてわからぬ」

「細かい計画など立てられないと？」

「ああ。もし愚妹の計画が計画通りに進んだのならば、それは偶然だ」

ケイ先生は俺を見る。

「ヴェルナーの動きはわしには読めぬ。シャンタルも最終的に読めずにこの有様だ」

ケイ先生は障壁に包まれたシャンタルを持ったまま、ふわりと浮く。

「飛んでいくんですか？」

「ああ、それがよかろう。お礼と謝罪はまた後日」

そのとき、寝ていたシャンタルが目を開く。

「……ケイの弟子」

「なんでしょう？」

「お姉ちゃんを助けてくれてありがとう」

「いえ、私はたいしたことは……」

封印が破れてもケイ先生は大魔王にならなかった。

結果的に俺がケイ先生の封印を守ろうとしたこと自体不要なことではあったのだ。

「そうじゃないよ」

「どういうことでしょう？」

俺の問いにシャンタルは直接答えず、

「……聖神でも邪神でも、神に選ばれることは光栄で、幸せなことなんだよ」

そう言って、俺の目を見る。

「だから謝らない。ありがとう。そしておめでとう。ケイの弟子」

「一体何のことですか？」

ユルングが神に選ばれたと判断し、そのことのお礼を言っているのだろうか。

「きっと、大丈夫」

「……もうよいか？」

「うん、お姉ちゃん」

シャンタルはまた目をつぶる。

「ヴェルナー、愚妹の言うことは気にするな」

「はい」

ケイ先生はもう一度俺の頭を撫でた。

そして、気配を消してから、どこかに行った。

「……急に見えなくなった」

「ファルコン号が持っていた魔道具の魔法版だな」

「見事なものですね」

ロッテが感心していると、

「……寒い」

ぼそっとコラリーが呟いた。

シャンタルが神の拳を召喚した際に割れた雲はとっくに塞がっている。

分厚い雪雲のせいで、太陽の様子はわかりにくいが、そろそろ日没の時刻だ。

これから気温は益々下がるだろう。

「そうだな、帰ろうか。雪も激しくなりそうだし」

「……うん」

「主さま、ハティの背に乗るのじゃ！」

俺たちが乗ると、ハティは空に飛び上がる。

「お師さま、私、ルトリシアさんに会いたいです」

「ああ、妹か。俺も何年も会ってないな」

大王が敵兵を倒してくれたようだし、平和になったはずだ。

ならば、ルトリシアに会う機会もあるだろう。

「聖女について報告しないとな……面倒だ」

姉と父に報告すれば、皇国にもよしなに報告してくれるだろう。

聖女が、千年間企ててきた計画を潰（つぶ）すことができた。

そして、ケイ先生は無事大魔王にはならずにすんだ。

いや本当は大魔王になっている、つまり神に選ばれたのかもしれないが、性格が変わっていないから大丈夫だろう。

「お師さま」

「ん？」

「……ラメット王国は平穏になったのでしょうか？」

「どうだろうな。俺にはわからない」

普通に考えたら、三万の兵とシャンタルを失ったのだ。

ラメット王国に攻め込む余力など無いように思う。

「ガラテア帝国の内部情勢次第かなぁ」

「やはり、そうですよね」

ロッテは真剣に何かを考えている。

「主さま！　城が見えてきたのじゃ！」

「やっぱりハティは速いな」

「うむ、速いのじゃ！」

ハティが中庭に向かって降りていくと、父と兄、そして小さくなった大王が迎えてくれた。

兵士たちも皆、安心したような、ほっとした表情を浮かべていた。

皆が平和が訪れたことを喜んでいた。

書き下ろし短編

「姉妹」

ケイはシャンタルを抱いたまま、ヴェルナーたちの元から飛び去った。

空は分厚い雪雲に覆われていて暗く、そのうえ吹雪いている。

すぐに、ヴェルナーたちは見えなくなった。

「お姉ちゃん。空飛べたの？」

障壁に覆われたシャンタルが首をかしげる。

「重力魔法なら、そなたも知っているであろ？」

「しっているけど……」

「重力を操作できるならば、反転は可能であろう？」

「理屈はわかるけど、消費魔力大きくない？」

「よく気付いたな。それがこの飛行魔法の最大の弱点だ」

ケイはにやりと笑う。

「お姉ちゃん。少しずつ高度が下がっているけど」

「うむ。よく気付いたな」

「……魔力尽きた？」

「…………」

そして、ケイとシャンタルは森の中に不時着した。

森の中に落ちた後、ケイは吹雪の中、新雪の上を素足でシャンタルを抱えてしばらく歩く。

「お姉ちゃんが魔力計算間違えるなんて珍しいね」

「両手片足を失ったそなたを抱えて飛行することは計算にはいっていなかったのだ」

「ごめんね」

「とはいえ、誤差は出たが、許容範囲だ」

一分ほど歩いて洞窟に到着する。

結界の張られたその洞窟には隠蔽魔法も掛かっていた。

「元々、万一のためにいたる所に拠点を用意してはいたからな」

「さすがお姉ちゃん、準備がいいね」

「そなたほどではないわ。面倒な計画を立てよって」

「ごめんね」

「よい。そなたを許さぬのはわしではない」

ケイは隠蔽魔法はそのままにして、結界を解除しその中に入ると、再び結界を張り直す。

結界の中には雪も風も吹き込まず、外よりもかなり暖かかった。

それでも冬。寒いのは変わりない。

「しばらく休むぞ」

「うん、これってヴェルナーの？」

「そうだ。結界発生装置だ。魔力消費なしで結界を維持できる」

説明しながら、ケイは結界内に隠しておいた魔法の鞄から衣服を取り出す。

「その鞄もヴェルナーが作った奴でしょ？　優秀な弟子だね」

「……ああ」

ケイはシャンタルに服を着せ、残った片足に靴下と靴を履かせる。

それから、自分もきちんとした衣服を身につけた。

その服の上から、ヴェルナーにもらった外套を着る。

続いて、地面に大きなマットを敷いて、シャンタルを乗せると、毛布を掛けた。

「ん」

「ありがとう、お姉ちゃん」

そして、ケイはシャンタルと同じ毛布に入る。

「ここで魔力と体力を回復させるぞ」

「うん」

「お腹は空いていないか？」

「大丈夫」

「そうか、だが何か口に入れた方が良かろう」

ケイは魔法の鞄から飴を取り出す。

「そなた、好きだろう？」

「……うん。ありがと。昔、喧嘩したね」

「飴の取り合いでか。記憶にない」

「……そっか」

「食料は潤沢にあるから、いつでも言うがよい」

ケイはシャンタルの隣で目をつぶる。

「……お姉ちゃん疲れたの？」

「封印から目覚めたばかりゆえな」

封印の中では体力も魔力も回復せず、緩やかに失われていくのだ。

体力が尽きれば、肉体は末端から死んでいき、腐り始める。

魔力が尽きれば、結界の内部を満たす液体が肉体を侵食し始め、体表から徐々に腐っていくのだ。

「腐らなくて良かったね、お姉ちゃん」

「……そんなことはどうでもよい。そなたも寝るがよい」

ケイはシャンタルの隣で考える。

前大王は、そのような状態の中、どうしてユルングを産んだのだろうか。

ただの赤子として生まれれば、早晩、腐り死んでしまうだろう。

ユルングを擬体のようなものとして、己の魂を転写し転生しようとしたのだろうか。

いや、人ならばともかく、家族を大切にする古竜がそれをするとは考えにくい。

となると、自分の力をユルングに継承させることで、強力な古竜として育てようとしたと考えるべきか。

ただの赤子とは思えない治癒魔法の行使などもそれならば説明が付く。

育成の途中で、シャンタルが盗まなければ、ユルングは数十年後に前大王の能力を受け継いだ強力な若竜として、封印を内側から食い破ったに違いない。

「…………となると」

前大王は何に対抗するために強力な古竜を産み出そうとしたのか。

呪(のろ)いを受け封じられ、時間の感覚がおかしくなっているはずだから、千年前の大魔王に対抗できる古竜を産み出そうとしたとしても不思議はない。

ケイはそこまで考えて、横を見ると、シャンタルにずっと見つめられていることに気がついた。

「どうした？　眠れぬのか？」

「眠くない」

シャンタルは泣きそうな声でそう言うと、顔をケイの肩に押しつけた。

腕がないから抱きつけないのだろう。

そう思ったケイはシャンタルのことを抱きしめた。

「お姉ちゃん、神の声は本当に聞こえない？」

「ああ、聞こえない。諦(あきら)めてくれたのであろうな」

「……そうだといいね」

「なんだ、含みがあるではないか」

「……怒らない？」

「怒らぬ」

ケイがそう言うとシャンタルはぼそぼそと話し出す。

「……神が……何を考えているかわからないから……諦めたのかも…………しれないのだけど」

つまりシャンタルは諦めていないと考えているのだろう。

ケイは黙ってシャンタルの続きを待つ。

「…………お姉ちゃんの……替わりを……見つけたのかも」

「誰（だれ）のことだ？」

「…………」

シャンタルは黙った。

なんとなくケイには誰が替わりになったとシャンタルが思っているのか理解した。

「それがお前の真の狙（ねら）いか？」

「…………そんな……ことないけど…………怒った？」

「今更だ」

シャンタルはヴェルナーがケイの替わりになったと考えているらしい。

だが、それは早計だとケイは考えていた。

まだ、ヴェルナーは自分よりは弱いはずだ。

「もし、万一のことがあれば、手を貸せ」

「……わかった。頑張る」

「ん」

ケイはシャンタルの頭を撫でる。


しばらく横になっていると、シャンタルは静かに長く息を吐いた。

「シャンタル。痛いか？」

「……大丈夫」

「治癒魔術ではその手足は再生できぬのだろう？」

「……うん。…………神に捧げたから」

「そなたは、本当に面倒なことをする」

「…………ごめんね」

シャンタルの声が、眠そうに少しずつ弱くなりつつあった。

「許さぬのはわしではないと言ったであろう？」

「……うん。古竜？」

「古竜も、そなたを許さぬであろうなぁ」

古竜は恩も仇も必ず返すのだ。

「シャンタルのこと、殺しに来るかな？」

「来るかもしれぬな」

ガラテア帝国に報復したことで手打ちにしてくれるとは思いにくい。

「それに、ラインフェルデン皇国も怒っておるのであろうな」

「……殺しに来る？」

「ラインフェルデンは……多分見逃してくれるであろ」

シャンタルを討伐するならば、近衛魔導騎士団の中隊を全滅させる覚悟が必要だ。

それはあまりにもリスクが大きい。

「わしがあとで謝っておく。ラインフェルデンはそれでいいだろう」

もちろん謝るだけではなく、手土産が必要だ。

なにか皇国の利益(りえき)になる技術か、手製の価値ある魔道具を渡す必要がある。

「ごめんね。お姉ちゃん、迷惑を……」

「だから許さぬのはわしではない」

逆に言えば、ケイはシャンタルのことを許している。

シャンタルは許されぬことをした。

沢山(たくさん)の者たちにとっての仇になってしまった。

シャンタルを許さないのは古竜だけではない。

シャンタルの策で死んだ三万の兵の家族は絶対に許さないだろう。

シャンタルの存在も名も知らなくとも、家族を殺された恨みや悲しみが消えるわけがない。

誰に向けていいかわからぬ遺族の恨みは、本質的にシャンタルが引き受けるべきものだ。

「だが、わしはそなたのことを憎みはしないし、恨みもしない」

「…………どう……して？」

シャンタルはほとんど眠りそうだ。

「ふむ。どうしてだ？」

一人ぐらいは味方がいないと可哀想だという同情に近い思いもある。

放っておいたら、シャンタルは死ぬだろうという確信もある。

だが、味方がいない者も放っておいたら死ぬ者も、シャンタル以外に沢山いる。

なぜ、シャンタルだけ特別なのか。

やはりたった一人の妹だからだろうか。

だが、古竜とは違い、人族は兄弟姉妹で殺し合う者だって珍しくない。

「…………どうしてもだ。わしにも、よくわからん」

大賢者と謳われたケイにもよくわからなかった。

「そっか。お姉ちゃんにもわからないことがあるんだね」

少し嬉しそうにシャンタルが笑う。

それを見た瞬間、ケイはなんとなく、シャンタルを見捨てられない理由がわかった。

きっと、子供の頃の幸せな思い出のせいだ。

だから、愚かな妹のことを見捨てられないのだ。

「シャンタル。早く寝ろ」

「うん」

「………明日起きたら、義肢を作ってやる」

擬体の技術を応用することはできるだろう。

だが、ケイは擬体技術を使うつもりはなかった。

「わしの魔道具技術の粋を見せてやろう」

「………ありがと。…………お姉ちゃん……ありがと」

シャンタルは微笑んだ。

その笑みは、どこか恥ずかしそうで、甘えているような笑みだ。

神に選ばれるよりも前のシャンタルがいつも浮かべていた笑みだ。

ケイは、千年ぶりにシャンタルのその笑みを見た。

「うん。おかえり。シャンタル」

ケイはシャンタルの頭を優しく撫でた。

シャンタルが「ただいま」と照れくさそうに言った気がした。

だが、シャンタルはピクリとも動かず、寝息も立てない。

もう眠ってしまったのだろう。

「おやすみ、シャンタル。また明日だ」

ケイはシャンタルを優しく抱きしめた。

あとがき

はじめましての方ははじめまして。

一巻から読んでくださっている方、他の作品から読んでくださっている方、いつもありがとうございます。

作者のえぞぎんぎつねです。


ついに四巻ですね。

全(すべ)ては読者の皆様のおかげだと思っております。

本当にありがとうございます。


さてさて、一巻から手紙を送ってきていた主人公ヴェルナーの師匠が登場します。

姿は前巻で登場した妹と同じような感じではありますが、初登場です。


この作品における魔王とは、勇者とは、というのが明らかになる巻でもあります。

よろしくお願いいたします！

最後になりましたが謝辞(しゃじ)を。

イラストレーターのトモゼロ先生。本当に素晴(すば)らしいイラストを、いつもありがとうございます。

担当編集さまをはじめ編集部の皆様、営業部等の皆様、ありがとうございます。

本を販売してくれている書店の皆様もありがとうございます。

小説仲間の皆様、同期の方々。ありがとうございます。

そして、なにより読者の皆様。ありがとうございます。

令和(れいわ)五年一月　えぞぎんぎつね

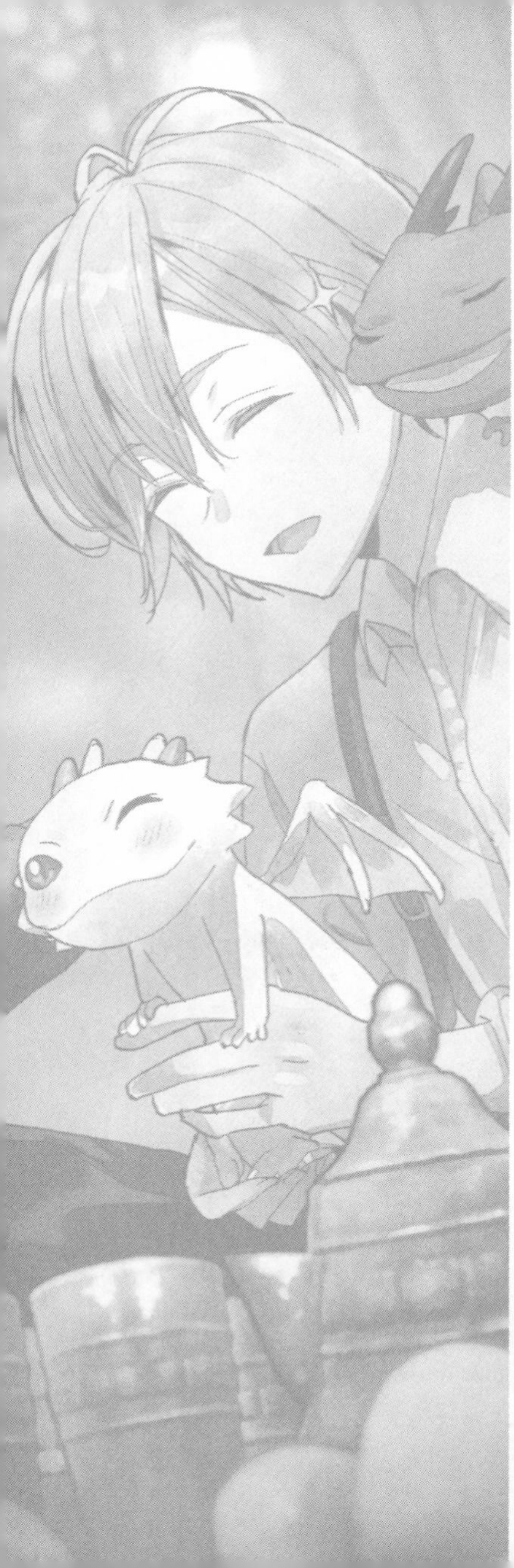

GAノベル

非戦闘職の魔道具研究員、
実は規格外のSランク魔導師4
～勤務時間外に無給で成果を上げてきたのに
無能と言われて首になりました～

2023年2月28日　初版第一刷発行

著者　えぞぎんぎつね

発行人　小川 淳

発行所　SBクリエイティブ株式会社
〒106-0032　東京都港区六本木2-4-5
03-5549-1201　03-5549-1167(編集)

装丁　AFTERGLOW

印刷・製本　中央精版印刷株式会社

ISBN978-4-8156-1791-2
Printed in Japan

ファンレター、作品のご感想をお待ちしております。

〒106-0032　東京都港区六本木 2-4-5
SBクリエイティブ株式会社
GA文庫編集部 気付

「えぞぎんぎつね先生」係
「トモゼロ先生」係

本書に関するご意見・ご感想は
下のQRコードよりお寄せください。
※アクセスの際に発生する通信費等はご負担ください。